무주의 맹시

문학과의식
2022 소설선

현혜경 소설집
무주의 맹시

발행일	2022년 8월 31일

지은이	현혜경
펴낸이	안혜숙
디자인	임정호

펴낸곳	문학의식사
등록	1992년 8월 8일
등록번호	785-03-01116
주소	우편번호 23014 인천광역시 강화군 하점면 강화대로 939
	우편번호 04555 서울 중구 수표로6길 25 501호(서울 사무소)
전화	032.933.3696
이메일	hwaseo582@hanmail.net

값 12,000 원
ISBN 979-11-90121-39-2

무주의 맹시

현혜경 소설집

김형규에게 바친다.

욕망을 절제하는 자는
그 욕망이 절제될 만큼 약하기 때문이다.

– William Blake

차례

일러두기

1. 책에 쓰인 영문의 한글 표기는 외래어표기법에 따랐으며 일부는 저자의 의도를 반영해 예외로 두었다.

2. 쉼표와 마침표, 말 줄임표, 느낌표 등의 문장부호는 저자의 의도를 반영, 최대한 저자의 원문을 그대로 살려 표기했다.

공

닷새만에 쪽방에서 나왔다. 굶어죽거나
얼어 죽거나 누구도 거들떠보지 않을 인생
이었지만 당장은 허기진 배에 뭐라도 집
어넣어야 했다. 조용히 죽고 싶다는 생각
은 생각일 뿐, 몸에서 원하는 것은 밥과
노주였다. 수중에 돈은 한 푼도 없었다. 경
찰서로 가든 엎어터지든 상관없었다. 공
에게 상관없는 일은 아무것도 없었다.

공

　김이 엄지손가락 위에 스패너를 올려놓았다. 형광등 불빛을 빨아들인 은색의 스패너가 생생하게 살아난다. 손가락에 실린 무게보다 감촉이 앞서갔다. 마취를 했는데도 스패너의 차가운 기운이 뼛속으로 전해지는 느낌이다. 김이 스패너의 위치를 옮겨 놓으며 가래를 바닥에 뱉었다. 김이 뱉어 놓은 가래를 바라보느라 공은 고개를 숙였다. 누렇고 걸쭉한 액체에 회색의 덩어리가 섞여 있는 그것을 바라보았다. 그 순간, 김은 스패너 위로 망치를 내리쳤다. 공의 엄지손가락 뼈가 부서졌다. 에이 쌍… 몸이 뒤틀렸다. 마취가 제대로 되지 않았는지 강렬한 통증이 뼈를 뚫고 전신을 찔러 댔다. 최 씨가 재빠르게 자신의 팔을 공의 등 뒤에서 허리를 감아 배 앞으로 돌려 깍지를 끼고 버텼다. 김이 스패너를 아까와는 다른 방향으로 엄지손가락 위에 올려놓았다. 앞머리가 벗겨진 김의 이마에 땀이 맺혀 있다. 최씨의 깍지 낀 손에 힘이 더해졌다. 김이 뱉어 놓은 가래가 병원 담당 정 실장의 발밑에 깔려 납작해졌다. 김이 다시 한 번 스패너 위로 망치를 내리쳤다. 씨발… 공의 왼쪽 엄지손가락은 두 번의 가격으로 완벽하게 엑스자 모양으로 뼈가 부러졌다. 김은 담배에 불을 붙여 공의 입에 물려주고 자신도 새 담배를 피워 물었다. 공의 입에 물린 담배는 바르르 떨렸다. 김은 순식간에 담배를 깊게 빨아들이기를 반복하면서 요란하게 가래침을 뱉었다. 그 요동으로 회색의 바스라진 재가 날렸다. 떨어졌다.

"공 씨, 처음치곤 마음에 드네."

김이 앞머리가 벗겨진 머리를 손으로 훑어 내면서 말했다.

공은 필터가 타 들어간 담배를 잇새로 잘근잘근 씹어 댔다. 손의 통증이 온몸의 세포로 긴박하게 전달되는 동시에 이를 악물고 버티고자 했으나 새어 나오는 신음을 막을 수 없었다. 몸은 땀으로 젖었다. 김이 또 다른 담배에 불을 붙여 공에게 건넨다.

"소주를 들이켜야 되는데 병원으로 곧장 갈 거라서 담배로 달래소."

정 실장이 마취 주사와 약병을 가방에 챙기면서 먼저 병원에 가 있겠다고 현장을 떠났다. 정 실장이 작업하는 날 현장에 나타나는 경우는 드물지만 오늘은 마취가 잘 안 되는 공 씨 때문에 어쩔 수 없이 온 것이다.

현장은 작업하기에 맞춤한 곳이었다. 일주일 전에 상가 이층을 임차 계약 했다. 이전에 컴퓨터 잉크 충전소 자리 였는데 망해서 나가고 비어 있던 참이었다. 주인 입장에 서는 비어 있는 가게, 한 달이라도 세를 받는 게 남는 장 사라 생각했는지 바로 계약을 했다. 기계가 있던 자리가 다른 곳보다 연한 색으로 흔적을 남기고 있을 뿐 휑한 공 간에 허름한 탁자 하나와 의자 두 개가 가운데 자리하고 있고 낡은 선풍기 한 대가 덜덜거리며 돌아가고 있다. 그 동안 산재 가입 신청서를 제출하여 산재 임의 가입이 되 었고 산재 보험도 법적으로 효력이 발생하는 시점이다. 김은 작업 기술이 좋아 이쪽에서는 골절 기술자로 이름이 났다. 김과 최 씨와는 이전에도 공동 작업을 하긴 했지만 실제로 공이 골절치기는 처음이었다.

공이 김을 만나게 된 건 순전히 최 씨 덕분이었다. 3.5 평 고시원에서 살다 죽겠구나 싶은 체념 속에서 겨울을 나고 있었다. 소주 없이는 겨울을 버티기 힘들었고 봄이 면 봄대로, 가을이면 가을대로, 여름은 여름대로, 소주의

힘으로 견디고 있는 것이 5년째였다.

　고시원에는 고시 공부를 하는 사람은 한 명도 없었다. 공과 같이 오갈 데 없는 사, 오십대가 태반이고 간혹 중늙은이가 들어왔다가 죽어 나가기도 했다. 최 씨는 전에 있던 고시원에서 얼굴을 익힌 사이였는데 새로 옮긴 고시원에서 다시 만났다. 최 씨는 그전보다 혈색이 좋아졌고 말이 많아졌다. 그렇다고 그전에 말이 없었는지 확신할 순 없다. 관 속 같은 고시원 쪽방에 몸을 누이는 인간들끼리 말을 섞을 일은 거의 없었다. 어쩌다 스쳐 지나치는 최 씨의 구부정한 뒷모습에서 지레 짐작을 했을 뿐.

　공이 새벽부터 인력 시장에 나갔다가 공치고 돌아오는 날, 고시원 입구 계단에서 최 씨와 마주쳤다. 최 씨는 반색을 하며 한잔 사겠다고 공을 이끌었다. 고시원 부근 시장에서는 아침부터 술을 마시는 것이 이상한 일도 아니다. 식당에는 벌써 술판을 벌인 남자들이 한 테이블 있었다. 일거리를 얻지 못한 모자란 사내들이 정치가 썩었다며 핏대를 올리고 욕설에 버무린 침을 튀기며 상대의 말은 듣지도 않고 자신의 말만 쏟아 내고 있었다. 구석 자리에 자리를 잡았다. 최 씨는 특대 술국과 소주를 시켰다.

　주인 여자가 술국을 준비하느라 주방에서 나오지 않자 최 씨는 직접 냉장고를 열어 소주를 꺼내와 유리잔에 반병씩 나

뉘 따르고 건배를 하고는 한 번에 목구멍에 털어 넣었다. 공도 역시 똑같이 했다. 소주의 위력은 늘 마음에 든다. 어떤 인간과 무엇을 하든 가능하게 만들어 버리는 투명한 액체. 최 씨와 공은 같은 연배라는 것을 확인하고 한 시간도 채 못 되어 불알친구보다 더 가까운 친구가 되었다.

"야, 너는 이제 오십인데 육십은 돼 보인다. 알아? 이 늙은이야."

공은 등이 구부정하고 마른 최 씨가 나이가 훨씬 들어 보여 농을 걸었다.

"캬, 이 씹새가 형님한테 엉기고 있네. 너 잘났다 그래. 내가 이래봬도 여럿 보험금 타게 해 줬어. 이거 왜 이래."

"허, 높으신 분이 고시원에는 무슨 일로 계시나 그려."

최 씨는 주위를 둘러보더니 목소리를 낮추고 입에 나발을 만들어 속삭였다.

"작업에 관심 있으면 말해, 내가 손써 줄 테니까."

술기운에도 최 씨의 고약한 입 냄새에 손사래를 치며 곤죽이 되도록 술에 취했다.

다음날 눈을 떠보니 고시원이었다. 그 후 며칠 간 눈이 사정없이 내려 고시원 쪽방에 묶여 지냈다. 눈은 계속 내렸다. 남아 있던 소주가 바닥이 났다. 소주를 살 돈이 없었다. 눈 오는 겨울을 날 수 있는 유일한 에너지가 없으니 몸은 사정없이 움츠러들었고 빛 하나 들지 않는 쪽방의 무거운 공기는 이불을 눅눅하게 만들어 이불 안에 구겨져 있는 공의 몸도 축축해졌다. 정신이 까무룩 해질 때마다 연락이 두절된 아내나 딸이 떠오르지 않았다고는 말할 수 없다. 아주 가끔, 같이 지내던 때가 희미하게 몇 초짜리 동영상처럼 지나갔다. 낯선 풍경처럼 짧은 찰나였다.

닷새 만에 쪽방에서 나왔다. 굶어 죽거나 얼어 죽거나 누구도 거들떠보지 않을 인생이었지만 당장은 허기진 배에 뭐라도 집어넣어야 했다. 조용히 죽고 싶다는 생각은 생각일 뿐, 몸에서 원하는 것은 밥과 소주였다. 수중에 돈은 한 푼도 없었다. 경찰서로 가든 얻어터지든 상관없었다. 공에게 상관 있는 일은 아무것도 없었다.

시장 골목으로 들어서자 음식 냄새에 정신이 아득했다. 발을 질질 끌다시피 식당 안으로 들어가 국밥을 시켰다. 국밥을 기다리는 동안 소주 한 병을 두 번에 나누어 마셨다. 위장에 들어간 소주는 빠르게 흡수되었고 싸하게 퍼졌다. 5일 간 비어 있던 내장들이 꽉 쪼이는 느낌이 왔다. 국밥이 나왔다. 덜덜 떨리는 손으로 국밥을 퍼먹었다. 내장들이 느끼는 포만감과는 또 다른 본능이 시키는 대로 숟가락질을 했다. 소주 한 병을 더 시켜 깍두기를 안주 삼아 마시는데 괜한 헛웃음이 나왔다. 웃음이 점점 커졌다. 주인 여자가 주방에서 빼꼼 얼굴을 내밀더니 공 씨, 또 시작인교 하고는 다시 들어갔다. 공은 누구에게라 할 것도 없이 큰소리로 떠들어대기 시작했다. 내가 어떤 사람인지 알아, 짜식들이 사람을 그렇게 몰라봐. 내가 잘나가는 회사 사장이었다 이거야. 알아. 소주 한 병이 더 들어가자 말이 험악해졌다. 다른 테이블에 있던 몇 명의 사내들과 시비가 붙어 욕지거리가 오가는 중에 최 씨가 얼굴이 얽은 남자와 들어오는 것이 보였다.

"야, 공가야. 그동안 통 안 보여서 골로 간 줄 알았다."

최 씨와 얼굴이 얽은 남자는 공이 있는 자리로 와서 앉았다. 최 씨와 공이 농지거리를 하고 있을 때도 얼굴이 얽은 남자는 상판을 펴지 않았다. 술맛 떨어지게 왜 그러냐는 빈정거림에 최 씨가 입 냄새를 풍기며 소리 낮춰 말했다.

"이사람 마누라가 오늘 내일 한다잖아. 급전이 필요하다고 해서 내가 우리 작업에 끼워 줄라고."

얼굴이 얽은 남자는 눈이 벌겋게 돼서는 테이블만 바라보며 소주를 마시고 있었다. 공은 얼굴이 얽은 남자를 바라보며 저 얼굴에 마누라랑 아직까지 붙어사는 것이 용하다는 생각과 시기 비슷한 것이 잠깐 올라왔다. 얼굴이 얽은 남자는 소주를 마실수록 더욱 찌그러진 얼굴이 되어 나중에는 질질 짰다.

　에이, 재주 없게 울고 지랄이야. 우리가 돈 해 준다잖아.

　어느새 최 씨와 공은 얼굴이 얽은 남자에게 돈을 해 주는 우리가 되어 소주 살 돈도 없던 공이 오히려 더 큰소리치고 있었다. 그렇게 공은 최 씨와 얼굴 얽은 남자와 함께 김을 만났다.

　　　　　　　　　*

　김이 가방에 도구를 담아 넣고 지퍼를 채우는 소리가 들렸다. 김은 앞머리가 벗겨지고 배가 나와 있어서 실제보다 너덧 살 정도 나이가 더 들어 보인다. 자기 말로는 55세라고 하는데 60은 넘어 보였다. 그나마 몸피가 좋아 윤택한 기운이 몸을 감싸고 있어 사장소리 듣기에 딱인 체형이었다.

　"김 사장님, 뭐 별거 아니네."

　공은 부러진 왼손을 오른손으로 받쳐 들고 오만상을 찡그리며 말했다.

　김은 문 쪽으로 고갯짓을 하고는 먼저 가방을 메고 문을 나섰다. 김이 차를 빼서 오는 동안 최 씨와 상가 앞 도로변에 서서 기다리는데 온 몸의 세포가 불에 지져지는 것 같았다. 왼손은 무서울 정도로 부어올랐다. 몸에 경련이 일었다. 김의 벤츠가 지하 주차장에서 빠져나오는 것이 보였다. 공은 애써 태연한 체했지만 몸이 떨려오는 것을 숨길 수는 없었다.

"김 사장님, 기술 죽여줍디다."

최 씨와 교도소 동기라는 김의 비위를 건드리지 않고 싶었다. 김은 일처리에 있어서 냉혹했다. 땀에 젖은 몸이 에어컨에 말려지면서 서늘했다. 김은 백미러로 공을 쳐다보았다.

"공 씨, 병원 들어가면 말 줄이슈. 찍 소리 없이 있다 나오라 이거유. 병원에서 나오면 걸지게 한잔 합시다."

김의 말에 소주 생각이 간절해졌다. 그리고 돈맛도 떠올랐다. 6000만 원에서 이십 프로를 제한 4800만 원이 수중에 들어왔을 때 기분. 김에게 넘어간 이십 프로의 수수료는 공돈이 생긴 공에게 아까운 돈이 아니었다. 언제 죽어도 좋을 몸뚱아리가 귀찮던 때에 횡재수가 트였다. 더구나 골절치기도 없이 이전 공사장에서 철근을 옮기다 팔목이 골절되었던 기왕증을, 김의 지시대로 산재 작업을 위해 마련한 사업장에서 일을 하는 시늉을 하다가 산재보험 브로커인 정이 있는 병원으로 가서 입원하고 있었더니 보험금이 나왔다. 주로 김의 교도소 동기들이 목격자와 사업주 역할을 돌아가면서 하고 있었다. 남들은 생뼈를 부러뜨려야 받을 수 있는 돈을 공은 병원에서 푹 쉬면서 받게 된 것이다. 고시원에 비하면 호텔급인 병실에서. 그것이 처음이었다.

겨울이 가고 봄이 지나면서 공은 다시 고시원으로 들어왔다. 최 씨와 오락실에 간 것이 화근이었다. 없던 돈이 생기니 주체를 할 수 없었다. 동업자가 배신을 하는 바람에 망하기는 했지만 사업을 할 때 기분이 살아났고 술집에서 사장님 소리를 해대는 젊은 아가씨들에게 마음이 녹아 버렸다. 외제차에 쫙 빼입은 최 씨를 따라 룸살롱을 드나들면서 맘껏 큰소리를 칠 수 있어서 사는 것 같았다. 젊은 아가씨들은 공이 어떤 말을 해도 웃어 주었다.

사업이 망하고 거지꼴이 되어 신용 불량자가 된 공에게 돈타령이나 하다가 얻어터지던 아내와 딸과는 달랐다. 술취로 비틀거리며 일어난 어느 오후에 아내와 딸은 사라졌다. 살던집은 월세를 내지 못해 보증금으로 까이고 남은 돈은커녕 몇 달치 월세를 내야 짐을 내갈 판이었다. 서너 달을 더 그 집에 있었다. 아내와 딸은 돌아오지 않았다. 혼자 그 집을 빠져나오던 밤길이 어두웠다.

돈맛에 취해 아내와 딸을 찾아내 돈을 주겠다는 생각은 애초에 없었던 듯이 쪽방으로 돌아온 봄의 끝자리. 겨울이 지나 나다니기 좋은 계절, 술 마시고 아무데나 퍼질러 자도 괜찮은 계절. 마음 편한 그런 계절이었다.

너네들이 알아, 짜식들이 말야, 내가 누군지 아냐고, 에이 씨팔, 나, 아직 안 죽었어.

비틀거리며 온 동네 사람 깨어날 정도로 소리 지르는데 경찰차가 와서 멎었다. 신고가 들어왔다고 같이 가자고 했다. 공은 비틀거리는 걸음을 똑바로 했다. 큰소리도 멎었다. 자신도 모르게 두 손은 공손하게 모아 쥐고 있었다.

"아, 죄송합니다. 제가 기분이 좋아서 그만…."

경찰은 몇 번의 다짐을 받고 차로 돌아갔다. 경찰차가 사라지자 공의 입에서는 욕이 튀어나왔다.

"씹새들, 재수 없게. 너 내가 누군지 알고 까부는 거야, 어, 알아?"

고시원 앞 거리는 욕과 고성방가로 채워졌다. 밤길은 어두웠다.

*

김은 정 실장이 있는 병원으로 가는 동안 줄담배를 피워 댔다. 공은 뒷자리에 앉아 왼손으로 몰리는 통증을 견디며 눈을 질끈 감았다. 김이 유리창을 열더니 가래침을 카악 뱉었다. 소리만으로도 더러웠다. 더러운 새끼. 산재 작업으로 쏠쏠하게 재미를 보더니 벗겨진 머리통에 기름기가 흐른다. 김의 뒷머리가 까맣다. 염색을 한 것인지 흰머리는 한 올도 보이지 않는다. 올이 성성한 까만 뒷모습에 반질하게 벗겨진 앞머리가 겹쳐지자 피식 웃음이 났다. 김이 룸미러를 통해 공을 바라봤다. 공은 웃음기를 지우고 룸 미러 속에서 마주친 김의 눈빛을 슬그머니 피했다. 아내의 형형한 눈빛을 피하던 것처럼.

아내는 눈이 선한 여자였다. 공이 사업을 말아먹고 신용불량자로 집 안에서 술로 살기 시작하자 아내는 24시간 영업하는 식당에서 주야로 일을 했다. 아침에 집에 들어와서 학교 가는 딸을 위해 아침상을 차려 주고 딸이 나간 뒤에 몇 시간 잠을 자고는 다시 일하러 나갔다. 딸도 보기 힘들었다. 고등학생인 딸은 독서실에 있다가 새벽에 들어왔다. 공이 일어나면 아내는 나가고 없거나 어쩌다 집안에 있을 때도 딸의 방에서 문을 잠그고 잤다.

공이 툭하면 손찌검을 해대던 때였다. 공은 세상이 자기를 다 무시하는 것에 창자가 뒤틀리는데 집 안에서조차 무시를 당하는 것이 분했다. 자신은 없는 사람이었다. 한 집안의 가장을 존중하지 않는 것들에게 본때를 보여 줘야 했다.

"야, 씨팔… 문 열어. 너 안 나와?"

딸의 방문을 발로 차며 간밤의 폭음으로 흔들리는 머리를 감쌌다. 안에서 분명히 공의 목소리를 들었을 아내는 조용했다. 공은 공구함에서 망치를 꺼내와 문손잡이를 내리쳤다. 술이 덜 깬 상태에서 힘을 쓰다 보니 완급 조절이 신통치 않아 문이 열리는 것도 모르고, 모습을 드러낸 아내의 어깨로 망치가 날아갔다. 아내의 악 하는 비명을 듣고서야 망치가 제 손에서 빠져나간 것을 알았다.

공은 아내를 보는 순간 밑바닥에서부터 올라오는 분노를 참을 수 없었다. 손이 닿는 대로 때리기 시작했다. 눈에 보이는 거라곤 아무 것도 없었다. 이 세상에 자신을 무시하는 것들에 대한 응징이었다. 아내는 비명을 지르며 바닥을 기어 방에서 빠져나가려 했다. 공은 아내의 머리채를 치켜들고 뺨을 사정없이 내리쳤다. 등과 허벅지를 발로 밟았다. 아내의 비명은 점점 희미해졌고 축 늘어졌다. 공도 기운을 쓴 뒤의 노곤함이 찾아와 그 자리에서 쓰러져 잠이 들었다.

공이 눈을 떴을 때는 밤이었다. 정확하게는 붉은 기운이 조밀하게 스며든, 밤이 오기 전이었다. 붉은빛이 집 안을 삼켜 대고 있었다. 그제야 반지하인 연립 주택이 서향이라는 것을 기억했다. 집이 넘어가고 월세로 얻어 나온 집. 서향이라 시세보다 싸게 얻을 수 있었던 집이었다. 붉고 진한 빛이 반지하방에 그렇게 차고 넘치게 들어올 수 있다는 것이 기괴했다. 집 안에 붉은 기운이 가득차고 점점 진해졌다. 피의 늪이 있다면 딱 그런 모습일 것이었다. 공은 팔을 허우적거리며 숨을 몰아쉬었다. 피의 늪에서 헤어나오려고 안간힘을 쓰지만 몸이 자꾸 밑으로 꺼졌다. 공은 소주를 병째 들이켰다. 관절 마디마다 술기운이 번졌다.

핏빛이 물러가고 어둠이 내려앉았다. 어둠 속에 혼자 내던져졌다는 사실이 참담했다. 혼자 있고 싶지 않았다. 아내가 일하는 식당으로 갔다. 밖에서 유리창을 통해 안을 한참 쳐다보아도 아내의 모습은 없었다. 핸드폰으로 전화를 걸어 봤으나 없는 번호라는 안내만 반복되었다.

공은 식당 안으로 들어갔다. 소주 한 병과 해장국을 시켰다. 주인 여자가 눈을 가늘게 찢어 보이며 공에게서 고개를 돌렸다. 조선족 여자가 상을 차려 주었고 주인 여자는 공이 자신의 식당에 있는 것이 재수 없다는 표정으로 간간이 비웃음을 띠며 흘겨봤다. 소주를 물 컵에 따라 마셨다. 속이 찌르르하니 편해졌다. 소주는 두 번에 바닥이 났다. 소주를 한 병 더 시켰다. 카운터에 앉아 있던 주인 여자가 혀를 차면서 노골적으로 지껄였다. 지 마누라 뼈 부러지게 두들겨 패 놓고 여 와서 술 처먹는 것이 인간이여. 마누라는 시방 병원에 있다는구만. 주인 여자는 조선족 여자에게도 무슨 말인가를 했고 조선족 여자는 공을 힐긋거리며 경악한 표정이 되었다.

소주를 세 병 마시자 공은 몸을 가누기 힘들었다. 하루 종일 술에 절여 산 탓이었다. 공이 자기 가슴을 탕탕 치면서 목소리를 높였다.

"나, 공진수, 아직 안 죽었다 이거야. 이거 왜 이래. 그러는 거 아니야."

주인 여자는 열이 잔뜩 오른 얼굴로 돈 내고 당장 나가라고 소리 질렀다.

"그까짓 거 얼마나 된다고… 쪼잔하게… 내가 잘 나가는 사장이었는데… 사람 뭘로 보고…"

주인 여자는 더 이상 실랑이를 할 가치가 없다는 듯이 경찰서에 전화를 걸었다.

"여, 술 처먹고 돈도 안 내고 주정하는 사람 있으니까 얼릉 잡아가슈. 이 화상이 지 마누라 개 패듯이 두들겨 패서 뼈도 부러뜨려 놓은 가정 파괴범이랑께요. 접때도 몇 번 와서 행패 부렸는디 여그서 일하는 아줌씨 불쌍해서 봐줬드만… 완전 인간 말종도 그런 말종이 없당게라."

공은 파르르 핏대가 올랐다. 상 위에 있던 반찬 그릇들과 소주병을 내던졌다.

"씨발, 마누라 어디 숨겼어? 빨리 안 내놔?"

공은 자리에서 비틀거리며 일어나 주인 여자에게로 향했다. 전화기를 쥔 주인 여자의 목소리는 더 커졌다.

"씨발년, 아가리 닥치지 못해. 너 내가 누군지 알고 까부는 거야. 어?"

공의 눈은 실핏줄이 터져 핏빛으로 변했다. 눈에서 피가 뚝뚝 떨어져 내리는 듯한 공의 얼굴 뒤로 경광등의 붉은빛이 어른거렸다.

*

골절치기가 끝나고 병원에 입원해 있는 동안 작업은 착착 진행이 되었다. 스패너로 두 번 내리쳐서 엑스자 골절을 만드는 이유가 장애 등급을 높게 받기 위한 것인 줄 알고 있었지만, 김의 수완이 보통 아니라는 것을 인정할 수밖에 없었다.

이번에는 산재뿐 아니라 민영 보험금까지 합쳐서 1억 800만 원이 나왔다. 김이 생색을 낼만했다. 최 씨까지 자기 덕이라며 덤벼들어도 마음이 엇나가지 않았다. 엄지손가락 하나 부러뜨리고 받는 금액으로는 차고 넘쳤다. 최 씨가 전해 준 바에 따르면 보험 범죄 전담 대책반이 냄새를 맡았는지 낌새가 이상하다고 했다. 김이 신경이 곤두서서 보안에 주의를 기울이느라 작업이 그전보다 빠르게 진행되지 못한다고도 했다. 공은 냄새나는 최 씨의 입을 바라보면서 김이 가래를 뱉어 내던 모습이 떠올랐다. 연이어 혓바닥으로 이를 훑어 내던 김의 붉으죽죽한 얼굴도. 공은 김이 하던 것처럼 이를 훑어본다. 모처럼 기분이 좋아졌다.

병원에서 환자 놀음을 하느라 술을 마시지 못해서인지 서향으로 난 반지하방에 갇히는 꿈을 계속 꾸었다. 피의 바다에 빠져 허우적거리며 가위에 눌리기 시작하더니 잠을 자지 못했다. 어깨뼈가 부러진 아내가 상체에 깁스를 하고 미이라처럼 따라다녔다. 아내의 몸에 둘러진 붕대 풀리는 소리가 사각사각 귓가를 스쳐 지나가고 아내의 움직임이 느껴지는데 공은 몸을 움직일 수가 없다. 뼈가 부러지는 소리가 연이어 들렸다. 아내가 공이 누워 있는 침상으로 가까이 더 가까이 다가온다. 뼈 부러지는 소리도 더 가까이에서 들렸다. 피에 젖은 아내의 얼굴이 공의 얼굴 앞으로 바짝 들이댈 때 까지 공은 아무소리도 못 내고 움직이지도 못하고 소리 없는 비명만 목에 걸렸다.

공이 원했던 것은 아주 오랜, 긴 잠이었다. 병원 눈치를 보느라 술을 양껏 마시지 못했더니 환청까지 들렸다. 깨어 있을 때 대부분은 술에 취했을 때의 어떤 환각처럼 아내의 뼈가 부러지는 소리가 들렸다. 아내는 공이 던진 망치에 어깨 금이 간 것 말고도 발목이 부러졌다. 아내가 타박상과 찢어진 곳의 상처까지 치료하느라 병원에 입원해 있는 동안 공은 술에 취해서 병실에 찾아가 행패를 부렸다.

다음날 병실에는 다른 사람이 들어와 있었고 아내는 사라졌다. 집에도 식당에도 나타나지 않았고 딸도 같이 사라졌다. 공이 술에 취해 널브러져 있던 어느 오후, 딸의 방에서 사부작거리는 소리에 눈을 뜬 공이 황소같이 달려들었다. 아내가 딸이 보던 책들과 옷가지를 가방에 담고 있었다. 아내와 딸이 사라진 지 일주일이 지나면서 공은 미쳐 있었다. 잡히기만 하면 둘 다 제 손으로 죽여 버리겠다고 벼르고 있던 참이었다.

"씨팔년, 암코양이처럼 기어 들어와서…."

공은 말을 다 뱉어 내기도 전에 아내를 때리기 시작했다. 옷장과 책상 사이에 난 구석으로 몰린 아내가 비명을 지를 새도 없이 마구잡이로 두들겨 팼다. 아내의 눈이 찢어져서 피가 났고 옷이 찢어졌다. 바닥에 쓰러져 웅크리던 아내가 공의 가격을 피하기 위해 휘저은 손이 공의 아랫도리를 스쳤다. 공의 눈이 번쩍거렸다.

"어, 이거냐, 좆 맛이 그리웠다 이거지. 나가 보니 나만한 놈 없다?"

공은 바지를 내리고 아내를 엎어 놨다.

"어느 놈하고 붙어먹다 왔냐. 이 씨팔년아."

공은 버둥거리는 아내의 머리를 주먹으로 내리치고 엉덩

이를 들어 올렸다. 아내의 뼈가 부서지는 소리가 공의 귀에는 들리지 않았다. 공의 뒤로 다가온 그림자 기척조차도.

공은 머리에 망치를 맞고 쓰러지면서 아내가 두 명으로 보였다. 책상 밑에 찌그러져 있는 여자와 공의 뒤에서 망치를 내려친 여자. 공의 머리를 내리친 여자는 책상 사이에 끼어 있는 여자에게 절룩거리며 다가가더니 울음을 터뜨렸다. 아영아, 괜찮아? 책상 밑에서 빠져나온 여자는 얼굴이 피 칠갑이 되어서는 엄마… 엄마… 겨우 입을 뗐다. 아내는 쓰러져 있는 공에게로 다가갔다. 바닥에 나뒹구는 망치를 집어 들고 악귀가 씐 얼굴을 하고 눈빛은 형형하게 살기를 띠었다.

아내는 공의 다리와 팔과 배를 닥치는 대로 망치로 내려쳤다. 공은 술에 절어서인지 고통을 반사적으로 느끼지 못하고 정신이 희미해졌다. 감기는 눈에 괴기스런 아내의 눈빛이 박혔다.

다음날 공이 눈을 떴을 때 삭신이 쪼개지는 통증이 달려들었다. 일어나 앉는 데만 한참이 걸렸다. 머리에서는 전기 돌아가는 소리가 들렸다. 머리에서 흘러나온 피가 굳어 머리카락이 딱딱하게 엉겨있었고 망치질을 당한 몸뚱이는 멍투성이였다. 다리를 움직여 보고 팔을 들어 올려 보았다. 다행히 뼈가 부러진 데는 없었다.

공은 잠시 자신이 뼈가 부러진 적이 한 번도 없었다는 것에 생각이 미쳤다. 타고나길 단단한 맷집에 통뼈였다. 집 안은 태풍이 지나간 것처럼 황폐하고 너저분했다. 바닥에 망치가 나뒹굴었다. 아내의 살기 띤 눈빛이 되살아났다. 어디선가 뼈가 부서지는 소리가 들려오는 듯했다. 에이, 씨발년… 공은 망치로 맞은 머리를 손으로 만져 보았다. 잡히기만 해봐, 그냥 아작을 내 줄 테니까… 몸을 움직이려면 술이 필요했다.

공은 우두둑 뼈가 펴지는 소리를 내며 일어나 슈퍼로 향했다. 몸이 떨렸다. 손이 덜덜거려서 걷는 것이 힘에 부쳤다. 깡소주를 한 병 털어 놓고서야 손이 진정되었다. 슈퍼 주인은 공의 몰골에 기가 질려 소주를 알아서 갖다 주었다. 괜히 성질 건드려서 행패를 부리면 그날 장사는 끝이라 오히려 주인이 소주를 봉지에 담아 공을 집으로 돌려보낸 적이 한두 번이 아니었다. 슈퍼 주인은 피가 구덕하게 말라가는 공의 얼굴을 힐긋거리며 검은 봉지에 소주를 담았다.

*

공은 최 씨의 중개로 김을 다시 만날 수 있었다. 정부 합동으로 중앙 지검에서 보험 사기 전담 대책반을 운영하며 눈독을 들이고 있는 터라 섣불리 움직이지 못하는 시기였고 김은 자신의 은신처를 누구에게도 알려 주지 않았다. 산재 작업도 보안에 초비상이 걸렸다. 김이 믿는 것은 교도소 동기들뿐이었다. 최 씨는 있는 돈을 도박으로 다 날리고 고시원에 처박혀 있었다. 사실 돈을 다 날렸는지는 알 수 없다. 최 씨가 고시원에 머무는 것은 고시원에서 산재 작업에 끌어들일 사람을 물색하기 위한 것일 뿐 거처가 따로 있었다. 공이 지금 사는 원룸을 소개해 준 것도 최 씨이고 자기도 그 부근 아파트에 산다고 했다. 원룸으로 들어간 후에 세단을 몰고 온 최 씨와 카지노와 룸살롱을 들락거렸다. 정신 차려보니 월세 낼 돈도 남아 있지 않았다.

최 씨는 겁이 많아 골절치기를 하지 않았다. 공이 두 번의 산재 작업으로 목돈을 쥐었던 것을 부러워하면서도 자신의 뼈를 부러뜨릴 마음은 없었다. 도박을 위해서라도 자신의 손가락은 남겨 둬야 했다. 최 씨는 주로 고시원에서 탐색한 사람들과 카지노에 들락거리면서 눈먼 돈이 필요한 사람들을 대상으로 은밀하게 산재 작업에 연결해 주는 브로커 역할을 하고 수수료를 챙겼다. 입만 살아 떠벌리기 좋아하는 최 씨가 김의 신임을 얻는 것이 이상했지만, 그가 작업에 딱인 사람들만 정확하게 물고 온다는 것은 최 씨의 능력임에는 틀림없었다. 김은 최 씨 외에 핵심 행동 대원들을 교도소에서 알게 된 재소자들로 형성함으로써 그들만의 유대를 만들었다.

김이 지정해 준 술집으로 최 씨와 공이 도착하고 한 시간이 지나서야 김이 들어왔다. 김은 들어오자마자 가래침을 카악 재떨이에 뱉었다.

"공 씨, 신수가 좋수."

"예, 덕분에…."

김은 헛바닥으로 윗니를 훑어 내며 공을 훑어 내렸다. 공은 김의 말처럼 좋은 옷을 걸쳤지만 몰골은 야위어 있었다. 골절치기 이후에 병원에 있을 때부터 계속된 불면증과 어쩌다 잠이 들었어도 악몽에 시달리느라 눈이 움푹 들어갔고 술에 곯은 얼굴색은 검게 타들어 갔다.

공은 자기도 모르게 이를 훑었다. 위축된 기분이 조금 나아지는 듯했다.

최 씨가 김이 좋아하는 헤네시를 따르며 너스레를 떨었다.

"형님, 공가 이놈이 한 턱 낸답니다."

공은 다시 한 번 윗니를 혀로 훑어 내리며 말했다.

"김 사장님, 잘 부탁합니다."

김은 공에게서 시선을 거두어들이고 최 씨와 근황을 이야기하며 조심하라고 했다.

김은 최 씨와 이야기를 하는 중에 툭 말을 뱉었다.

"공 씨, 진짜 할 거유?"

공은 손바닥을 비벼대며 이번에야말로 큰 건수라고 말했다. 김의 날카로운 시선이 날아와 온몸을 기어 다녔다. 먹잇감을 노리는 맹수의 집요한 눈빛이었다. 김의 대머리가 샹들리에 밑에서 번들거렸다. 김이 벗겨진 머리를 손으로 쓸어 올리더니 공에게 술잔을 넘겼다.

"공 씨, 강단 있는 건 알았는데, 이 사람 참 겁대가리 없네."

공은 미진근한 술을 홀짝 목으로 넘기고 입맛을 다셨다. 김에게 다시 술잔을 건네고 술을 채웠다. 공은 테이블 끝에 세팅되어 있는 맥주잔을 꺼내 술을 따랐다. 손가락만한 양주잔에 술을 마시자니 속이 탔다. 김은 공이 단숨에 한 컵을 비우는 것을 바라보다가 덜덜 떨고 있는 공의 손에 시선이 멈췄다. 김의 꺼끌꺼끌한 시선에 공은 자신의 손을 썩썩 쓸어내렸다. 최 씨가 김의 귓가에 대고 속삭였다. 김의 눈썹이 꿈틀하더니 가래를 카악 뱉었다. 공은 자동적으로 이를 훑었다.

"이번 작업하고 난 잠수 탈거니까 조심들 하쇼."

김의 말에 최 씨가 자기 때문에 일이 성사된 거라고 공치사를 해댔다.

작업 현장에 도착했다. 최 씨가 알려준 상가 3층은 나무판자와 타일 등이 바닥에 흐트러져 있었다. 제법 인테리어 공사가 한창인 듯한 분위기였다. 신나와 페인트 냄새가 뒤섞인 대팻밥 냄새가 풍겼다. 테이블이 따로 없어서 대패질을 하는 기다란 나무판 위가 작업 장소로 결정되었다. 사업장에서 일하다 일어난 사고에 대해서는 재해 경위와 목격자와 사업자가 확실하기 때문에 조사가 생략이 되고 신속한 보상이 이루어진다. 설사 근로복지공단에서 의심을 한다 해도 조사권밖에 없어 수사를 할 수가 없었다. 하지만 최근 분위기를 감안해서 공사 현장을 사실적으로 연출해 놓은 것이다.

　공보다 먼저 와 있던 김과 최 씨, 정 실장은 회의를 하고 있었는지 머리를 맞대고 모여 있었다. 몸집이 땅딸한 처음 보는 사내도 보였다. 이번 작업에서 목격자 역할을 할 사람이었다. 처음 보는 목격자는 작업복 차림으로 페인트 묻은 와이셔츠와 빤질하게 닳은 바지를 입고 있었다. 공도 허름한 작업복 차림이었다. 고시원에서 늘 입고 지냈던 보풀이 일어난 옷이었다. 실내에 있는 남자들이 모두 일어섰다. 김은 가래침을 카악 뱉으며 연장 가방을 열었다. 공이 혓바닥으로 이를 훑었다. 입 안에 침이 말라서 뻑뻑했다.

　최 씨가 공의 오른손을 나무판 위에 올려놓고 눌렀다. 정 실장이 공의 오른쪽 엄지손가락에 마취 주사를 놓고 한 번 더 손등에 마취 주사를 놓았다. 공이 마취가 거의 안 된다는 것을 알고 있었기에 마취액을 강하게 썼다. 김이 가방에서 망치와 스패너와 커터 칼을 꺼내 나무판 위에 늘어놓았다. 목격자가 김의 옆에 조수처럼 붙어 섰다. 김이 앞이마를 손으로 한 번 훑어내고 양 손바닥에 침을 뱉더니 망치를 오른손에 들었다. 김이 목격자에게 입을 부는 시늉을 해 보이자 목격자가 김에게 담배를 물려주고 불을 붙여 줬다. 김은 담배를 빠르게 빨아들이고는 공에게 담배를 물려준다. 목격자가 김에게 담배를 한 대 더 물려주고 불을 붙였다. 김은 담배를 뻐끔거리며 공의 손을 내려다 봤다. 공의 입은 빠짝 말라 입술에 담배의 하얀 종이가 묻어났다. 김이 멍키스패너를 들었다. 스패너는 사선으로 공의 엄지손가락 위에 올려졌다. 공은 담배를 물고 있다는 것을 잊고 혀로 이를 훑어 내려다가 담배를 떨어뜨렸다. 순간, 김이 망치로 스패너 위를 내리쳤다. 김이 손바닥을 탁탁 털어냈다. 망치와 스패너는 나무판 위에 가지런히 놓였다. 김이 담배에 불을 붙였다. 최 씨와 목격자도 따라했다. 공의 입에서는 신음이 터져 나왔다.

나무판 위에는 부러진 공의 손이 올려져있다. 김이 몇 가닥 없는 앞머리가 헝클어진 것을 손으로 빗어내며 담배를 비벼 껐다. 김이 커터 칼을 집어 들었다. 공은 숨이 턱

막혔다. 정 실장이 공에게 다가와서 손 상태를 확인했다. 이어서 공의 입에 수건을 틀어막았다. 최 씨와 목격자가 공의 양쪽으로 서서 움직이지 못하게 어깨를 잡아 눌렀다. 김이 커터 칼의 손잡이를 움직여 칼날을 위로 뺐다. 반쯤 드러난 칼날이 부러진 손가락에 닿았다. 김은 가래침을 크게 뱉고는 칼에 힘을 주기 시작했다. 한 번, 두 번, 세 번… 공의 엄지손가락이 잘렸다. 공의 몸은 사후 경직이 일어난 듯이 뻣뻣해졌다.

"이번에 대박 치겠는데."

김이 공의 입에 물렸던 수건을 빼내 손에 묻은 피를 닦아내며 말했다.

나무판 위는 피가 흥건했다. 정 실장이 공의 손을 수건으로 처매고 목격자에게 서두르라고 지시하고는 먼저 나갔다. 나무판 아래로 피가 흘렀다. 공은 가래침을 카악 뱉었다. 몸이 미친 듯이 떨렸다. 몸속의 피가 다 빠져나오는 것 같다. 최 씨가 사색이 된 얼굴로 공의 잘린 손가락을 집어 비닐 팩에 넣으며 김에게 빨리 병원으로 가야 한다고 말했다. 김은 연장 가방에 망치와 스패너와 커터 칼을 집어넣으며 말했다.

"골절에 절단까지 장애 등급이 장난 아니게 나올 건데 공 씨 좋겠수."

공은 오른손을 받쳐 들고 웃어 보였으나 우는 것처럼 보였다.

　김은 시나리오대로 잘 하라는 말을 남기고 자리를 떴다. 사업주 역할을 맡은 최 씨와 목격자, 산재를 당한 공은 최 씨의 차에 탔다. 공의 손을 처맨 수건에서 피가 자동차 바닥으로 떨어졌다. 뚝, 뚝, 뚝.

광장에
선은
없었다

선의 몸이 어떻게 변하든 상관이 없다,
오히려 선의 피부가 두꺼워질수록 각질
이 더 많이 떨어질수록 선에 대한 마음
은 깊어갔다. 나만의 사람이라는 확신만큼
나를 편안하게 하는 것은 없었다, 선이
내 마음을 알아주기를 기다릴 뿐이었는데
선이 사라졌다니...

광장에 선은 없었다

선은 왜 사라진 걸까? 건물 앞 광장은 사람들로 북적거렸다. 가을 햇빛이 눈을 비집고 들어와 찌르기 시작했다. 건물 맞은편에 신축 중인 성전 건물 유리 외벽에서 반사되는 햇빛이 반대편으로 내리꽂히고 있다. 건물 앞에 몰려 있는 사람들 위로 촘촘하고도 강력한 빛이 너울댄다. 빛에 노출된 사람들은 성전 건물을 향해 손을 들어 올려 몸을 펼쳤다. 햇살이 가장 따가운 시간대라 사람들이 더 몰려들었다. 대부분 자외선 차단 안경을 쓰고 있었다. 나는 반사된 햇빛 속에서 눈을 감지도 뜨지도 못한 채 사람들에게 치었다. 사람들 사이에서 밀려다니다가 옆 사람이 자외선 차단 안경을 쓰고 있는 실루엣이 얼비쳤다. 나는 몸을 비틀어 방향을 바꾸었고 옆 사람의 안경을 빼내어 내 얼굴 위에 걸치고 재빠르게 반대 방향으로 걸었다. 뒤에서 욕지거리가 날아왔다. 안경을 쓰고 나서야 눈으로 집중되었던 통증과 메스꺼움이 서서히 가라앉았다. 모진 햇빛이다. 이곳에서 선을 찾을 수 있을 것인가.

오늘 오전에 선에게서 전화가 걸려왔다. 한 달 만에 듣는 목소리에 나도 모르게 어디 있느냐고 다그치기 시작했다. 선은 오늘 성전 맞은편 건물 앞으로 오면 자신을 볼 수 있다고 했다. 그 건물 앞을 생각 안 해봤던 것은 아니지만 눈에 보이지 않는 선의 목소리로는 현실감을 느낄 수 없었다. 선이 내 앞에 없다는 것 자체를 받아들이지 못하고 울부짖는 나의 목소리를 선은 간단하게 자르고 전화를 끊어 버렸다. 지금 생각해 보면 선의 목소리는 내가 기억하고 있는 목소리와 달랐던 것 같다. 선이 갑자기 사라지고 나서 매스컴을 통해 건물 앞 광장에서 일어나는 일들에 촉각을 곤두세우고 혹시나 선의 모습을 볼 수 있지 않을까 하는 기대감으로 지켜보곤 했다.

며칠 전 성전 점거 사건 당시 생중계되는 동영상에서 눈을 떼지 못했었다. 성전을 차지한 무리들은 중세의 수도사 복장과 유사한, 품이 넓고 위아래가 하나로 된 자루 같은 옷을 걸치고 있어서 동영상 속의 사람들은 남녀 구분이 되지 않았다. 그 시간, 성전 맞은편 건물 앞 광장에는 비슷한 복장의 사람들이 넘쳐났고 그들은 성전을 향해 서 있었다. 성전은 그 이후 그들이 장악한 상태로, 성전 맞은 편 건물 앞 광장은 더 많은 인파로 들끓었다. 광장 앞 건물은 햇빛을 반사하는 세기가 강한 층인 3층과 4층부터 점거되기 시작해서 그 위층으로 계속 범위를 넓혀 나가는 중이다. 건물 안은 펑퍼짐한 자루 옷을 입은 사람들과 일상복을 입은 사람들이 공동생활을 하고 있다. 그들은 햇빛이 있는 시간에만 그곳에 머물기를 원했고 일상복을 입은 사람들이 불편해하는지에 상관없이 창가를 차지할 뿐이었다. 건물 안에 있는 사람들도 처음에 느꼈던 공포감과 달리 자루 옷을 입은 그들을 받아들였다. 건물 안 사람들도 옷 안에 감추고 있는 것은 그들과 똑같았기 때문이다. 그들에게 필요한 것은 성전 외벽에서 반사되는 햇빛이었다. 햇빛이 드는 자리가 시간이 지남에 따라 움직이면 자루 옷을 입은 사람들은 조용히 자리를 옮겼다. 그리고 건물 안 사람들은 그들에게 자리를 비켜 주었다. 그들 중 대다수가 지금은 자루 옷으로 갈아입었다고 한다.

선은 어디에 있는 것일까. 저 사람들 무리 속에 숨어서 나를 보고 있지는 않을까. 자외선 차단 안경을 쓰고 있는데도 눈이 시어 앞이 잘 보이지 않는다. 유리벽이 반사하는 햇빛은 자외선 차단 안경을 흐물거리게 만들었고 눈을 파고들었다. 휴대폰을 꺼내 선에게서 걸려온 발신번호를 눌렀다. 선의 전화를 받고 이곳까지 오는 동안 계속 재발신을 눌렀지만 받지 않았다. 휴대폰에 반사된 빛이 눈을 찌른다. 신호음은 사람들이 자루 옷에 스치는 소리에 묻혀 들리지 않았다. 스슥… 슥슥… 소리만이 강렬한 햇빛 가운데 들렸다. 자루 옷을 입은 무리에서 조금 벗어나 뒤쪽으로 방향을 틀어보니 그곳에는 자루 옷이 아닌 일상복을 입은 사람들이 보였다. 그마저도 입지 않고 상의를 벗은 사람들도 보였다. 그들의 몸에는 하얀 각질이 부실부실 일어나서 온몸에 은색 비늘이 덮여 있다. 각질 밑으로는 선홍색 발진 자국이 넓게 번져 있었다. 피부에서 떨어져 나온 인설이 햇빛에 반사되어서 반짝거렸다. 인설이 쌓인 바닥에서 되쏘는 빛과 유리벽에서 반사된 빛이 만나는 중간에 사람들은 팔을 활짝 벌리고 서 있거나 옷을 벗어서 피부에 직접 햇빛을 쏘이고 있었다. 앉아 있는 사람들도 눈에 띄었는데 머리를 숙이고 뭔가에 열중하고 있었다.

자외선 차단 안경을 고쳐 쓰고 그쪽으로 다가섰다. 목덜미에 선명한 발진과 각질이 먼저 눈에 들어왔고 두피건선으로 하얀 각질을 뒤집어 쓴 머리들이 보였다. 옷으로 감추지 못한 부위에 저 정도로 퍼져 있다면 팔, 다리 쪽은 인설 제거 때 생긴 출혈까지 겹쳐 두꺼운 각질층이 전신에 있을 것이다. 포진으로 인한 진물이 엉겨 붙어 소독을 할 때마다 소리를 질렀을 게 뻔하다. 선도 그랬다. 퇴근하고 집에 돌아오니 선은 팔뚝에 좁쌀만한 빨간 반점이 생겼다면서 투덜거렸다. 작은 반점은 며칠 새 선홍색의 두꺼운 피부층을 이루면서 팔 전체에 퍼지기 시작했고 무릎과 사타구니까지 번졌다. 피부과에서는 유행성 건선이라고 했다. 날씨가 건조해지자 건선 환자는 급증해서 피부과는 어딜 가나 만원이었다. 약물 치료와 광선 치료를 병행하는 와중에 선의 피부는 억지로 피부를 이식한 환자의 몸처럼 색깔도 다르고 울룩불룩하게 변했다. 프랑켄슈타인이 창조한 괴물이 박사에게 여자를 만들어 달라고 제안했을 때 프랑켄슈타인이 여자 생명체를 완성했다면 피부 조직이 이런 모습이지 않을까 싶은 그런 몸. 내가 선을 사랑하게 된 것은 그때부터였다.

인설이 깔린 바닥에 엉덩이를 붙인 그들과 달리 나는 바닥에 앉을 수가 없었다. 엉덩이를 뒤로 빼고 무릎을 구부려 엉거주춤한 자세로 앉은 나를, 얼굴이 까만 남자가 하던 일을 멈추고 쳐다보더니 다시 고개를 숙였다. 그의 손에는 손톱깎이가 들려 있었고 톡톡 소리를 내며 손톱을 깎고 있다. 그 옆에 있는 중년 여자는 발톱을 깎고 있다. 그들의 손톱과 발톱은 병변이 일어난 지 오래 되어 보였다. 얼굴이 까만 남자가 왼손에 손톱깎이를 옮겨 잡고 오른손 엄지손톱을 똑 자르며 말을 뱉는다. 똑… 그 짝은… 똑… 아즉인가 벼… 똑… 옆에서 발톱을 깎고 있던 여자가 발톱 깎는 것을 멈추고 나를 쳐다봤다. 하얀 각질을 머리에 뒤집어 쓴 젊은 남자도 나를 바라봤다. 몸의 면역 기능이 퇴화되어 가는 것에 비해 청각은 더 예민해진 사람들. 저쪽 벽에 몸을 기대어 웃옷을 벗은 남자 몇과 여자도 나를 돌아봤다. 옷을 벗은 사람들의 피부는 화상을 입은 흉터처럼 불그죽죽했고 그 위로 은빛 비늘 같은 각질이 일어나 있다. 그쪽에서도 몇몇이 모여 앉아 손톱과 발톱을 깎는 모양이다. 똑… 똑… 손톱… 뚝… 뚝… 발톱이 잘려 나갔다. 얼굴이 까만 남자와 중년의 여자는 잘려 나간 손톱과 발톱들을 바닥에 깔린 인설과 섞어 손으로 몇 번 흩트려 놓고는 손바닥을 털었다. 그 모습을 의아하게 쳐다보는 나에게 얼굴이 까만 남자가 말했다.

"몸뚱이는 잘라내지 못허니 이거라도 잘라내야 이놈의 징헌 것이 떨어질까 해서 여서 다들 깎는겨. 그 짝은 여서 뭐하남?"

"아, 사람을 찾고 있습니다."

"안됐구만. 고마 찾지 마소. 여까지 왔으면 볼짱 다 본기지."

"오늘 여기에 오면 만날 수 있다는 전화가 와서….".

얼굴이 까만 남자의 얼굴이 순간적으로 굳었다. 나는 놓치지 않고 그의 얼굴을 바라봤다. 원래의 표정으로 돌아온 남자가 전화를 할 만하니 했겠지 라고 중얼거리더니 더 이상은 말하고 싶지 않다는 듯이 손톱과 발톱이 섞인 인설 위에 드러누웠다. 남자가 누우면서 바지 길이가 짧아진 탓에 누더기 같은 피부와 두꺼운 각질이 드러난 종아리가 보였다.

나는 선의 종아리를 좋아했다. 코끼리 다리처럼 우툴두툴하게 두꺼워진 선의 종아리와 은회색 각질이 일어나는 몸에 매혹되었다. 발진과 경계선이 그어지는 부분이 겹쳐지면서 인설이 전신으로 퍼져나가는 것은 마술 같았다. 하루가 지나면 피부는 더 두꺼워지고 각질은 더 많이 벗겨졌다. 그만큼씩 선에게로 향하는 마음이 깊어졌다. 그러나 선은 내가 다가서는 것을 원하지 않았다. 핏발 선 눈으로 다가오지 말라고 소리치던 선의 모습을 떠올리자 눈이 쓰라렸다.

선은 잠을 자지 못했다. 평소보다 피부가 빠르게 증식하면서 각질이 벗겨지자마자 새 피부가 생기고 다시 각질이 떨어져 나가는 것이 반복되면서 가려움에 시달렸고 피가 나도록 긁어대느라 잠을 자지 못했다. 자다 일어나 보면 선은 손톱에 핏물을 들이고 온몸을 긁어대고 있었다. 그해 전국에 건선주의보가 발령되었다. 해가 바뀌면서 건선주의보는 슈퍼면역이상건선으로 이름이 바뀌었고 원인불명의 피부병은 세력을 넓혀갔다. 국민의 절반이 슈퍼면역이상건선에 걸렸다. 원인을 알 수 없는 난치병이 나라를 뒤덮었다. 단지 면역기능이상신호라는 의학계의 발표 외에는 도움이 될 만한 단서는 없었다. 각질 세포가 정상인의 8배였던 초창기 건선에 비해 몇 십 배나 세포 증식이 빨라지고 있었다. 피부 재생 주기가 좁혀질수록 떨어져 나가지 못한 각질 위로 또 각질이 쌓이고 피부가 하얗게 일어났다.

선은 자외선을 이용한 광치료를 장기간 받으면서 자외선 차단 안경을 썼음에도 불구하고 시력이 나빠지고 있었고 모세 혈관 확장 등으로 피부가 위축되었다. 자외선 양을 증량시키는 과정에서 화상을 입은 피부는 쭈글거렸다. 화상을 입은 부위는 건선에 비해 선홍색이 더 짙었다. 발긋발긋한 꽃이 피어 있는 것 같았다. 코끼리 가죽처럼 점점 두꺼워지는 피부는 증식의 속도에 가속이 붙어 찢어지고 피가 나면서 협곡처럼 갈라졌다. 나는 프랑켄슈타인이 괴물과의 약속을 깨뜨리고 창조하기를 거부한 여자처럼 변해 가는 선을 지켜보았다. 그리고 그런 선의 몸을 사랑하기 시작했고 이 세상에 나만을 위한 여자가 있다는 것에 안도했다. 괴물의 심정이 이해되었다. 세상 사람들 모두가 괴물을 밀어내고 등지더라도 옆에 있어 줄 수 있는 단 한 사람, 자신의 창조주에게 이름도 부여받지 못하고 괴물이라고 불린 비운의 사내. 그는 오직 자신만을 이해해 주고 자신과 똑같은 몸을 가진 여자가 필요했던 것이다.

나에게 선은 그런 여자였다. 피가 응어리진 피부 위에 또 다른 피부가 덮이고 각질이 일어나 쭈글거리는 피부. 선이 발병하기 전에는 느껴 보지 못한 친밀함과 애정이 솟아나 만지고 싶고 안아 주고 싶은데 선은 바락바락 소리 지르며 옆에 오지 못하게 했다. 선이 자고 있는 안방으로 몰래 들어가서 두껍고 버석한 피부를 쓰다듬을 때면 잠이 저절로 왔다. 잠결에 기척을 느낀 선이 일어나서 정신 나간 사람처럼 악을 쓰고 나를 침대 밖으로 밀어낸 다음부터 선은 밤에 잠을 자지 않았다. 낮에도 자지 않았다. 불면증이 심해지고 우울증은 더욱 심각했다. 선이 잠을 자지 못했으므로 나 역시 잠을 자지 못했다. 선이 가까이 다가오지 못하게 했기 때문에 나는 침실 구석에 앉아 선을 지켜봤다. 침실 문손잡이는 빼놓아서 문을 잠글 수는 없었다. 다른 방도 마찬가지로 손잡이는 다 빼놓았다. 세포 증식 속도가 빨라지는 것과 비례해서 선의 행동은 돌발적이고 즉흥적이어서 무슨 일을 저지를지 모르는 상황이었다. 직장에 장기 휴가를 신청하고 선을 지켜야 했다. 부엌에 있는 칼은 진즉에 치웠다. 집안에 뾰족하거나 위험한 물건은 내다 버렸다. 선이 욕실에 있는 거울을 깨뜨려서 손목을 그은 후로 안방 화장대에 있던 거울도 현관에 붙어 있던 거울도 떼어 냈다. 집안은 마치 사람이 오래 살지 않고 방치해 둔 집처럼 흉한 모습으로 변했다. 나는 선과 있다는 것에 안도했다. 핏물이 넘쳐나는 욕조에서 선을 꺼내던 날부터 직장은 나가지 않았다.

인설이 깔린 바닥은 햇빛이 강해질수록 더 반짝거렸다. 자외선 차단 안경만으로는 눈으로 파고드는 햇빛을 피할 수가 없었다. 잊고 있던 눈의 통증이 시작되었다. 눈알이 빠질 듯이 혈관이 몰리는가 싶더니 바늘로 눈을 후벼 파는 것처럼 아팠다. 눈을 감고 싶지는 않았지만 어쩔 수 없이 눈을 감아야 했다. 눈을 감는 순간 불길이 나를 집어삼키는 환상에 심장이 쪼그라들었다. 눈을 떠야 했다. 통증을 이겨내야 한다. 남방셔츠를 벗어서 머리에 쓰고 그늘을 만들었다. 최대한 눈으로 햇빛이 들이치지 않도록 셔츠를 머리 앞쪽으로 당겨서 차양막을 만들어 양손으로 잡았다. 성전 외벽에 둘러친 유리벽에서 반사되는 햇빛은 절정으로 가고 있었다. 성전 맞은편 건물 역시 그 빛을 그대로 흡수했다. 건물 앞 광장에 몰려있는 사람들은 묵언 수행하는 수도자들처럼 조용하다. 빛 속에 그들이 있었다. 선은 저 빛 속에 있다는 말인가. 셔츠로 만든 차양막 덕분에 눈의 통증이 가셨다. 광장 앞부분, 성전 외벽 유리를 통해 반사되는 햇빛이 모이는 앞부분에는 자루 옷을 입은 사람들이 빽빽하게 들어차 있고 뒤쪽으로는 그나마 걸어 다닐 틈이 있었다.

이곳은 도심 중앙에 위치해 있다. 성전과 맞은편 광장 사이에 왕복 8차선 차도가 있다. 건물 신축공사가 모양을 갖춰 나가고 외벽을 유리로 마감하자 근거 없는 소문이 퍼졌다. 거대한 건물 외벽을 장식한 유리벽에서 반사한 햇빛을 쏘이고 나서 슈퍼면역이상건선이 완치된 사람이 있다는 소문은 SNS에 오른 지 4분 만에 전국에 퍼졌다. 그 뒤로 건물은 애초의 용도와 상관없이 성전으로 호명되었고 유리벽에서 반사된 햇빛만으로 완치되었다는 사람들이 심심치 않게 나타났다. 성전으로 불리게 된 건물은 준공을 앞두고 맞은편 건물로부터 '햇빛 공해' 민원을 해결하고 건축 허가, 사용 승인 감독에 대한 제제 조치를 하라는 공문을 받았다. 법적 공방이 지속되면서 준공은 늦춰지고 소문을 듣고 몰려드는 사람들은 날이 갈수록 늘어났다. 해가 뜨고 나서 성전 유리벽을 통과한 첫 햇빛을 쏘여야 한다는 소문이 돌 즈음에는 맞은편 건물 앞 광장은 노숙자들로 가득했다. 광장을 지키고 있다가 다음

날 첫 햇빛을 받으려는 사람들은 피부에 옷이 달라붙지 않고 공기가 잘 통하도록 자루 옷을 입기 시작했고 저녁이면 이불 대용으로 사용했다. 경찰까지 투입되어 건물 앞 광장을 막았지만 더 이상 두려울 것 없는 사람들이었다, 슈퍼면역이상건선은 눈으로 보이는 피부병으로 시작되지만 정신 체계를 망가뜨리는 합병증을 동반하기 때문에 이곳에 오게 된 사람들은 벼랑 끝으로 떨어질 생각으로 온다고 했다. 유리벽을 둘러싼 건물이 성전으로 불리게 된 것도 그들의 입을 통해서였다. 그런 사람들에게 물대포나 최루탄은 소용없었다. 언제부턴가 차도에는 차들이 다니지 않았다. 차도에는 여지없이 자루 옷을 입은 사람들이 들어찼다. 사람들은 늘어만 갔다. 광장 앞에 있던 사람들이 건물 안으로 들어가기 시작하자 기관에서도 더 이상 손을 쓸 방도가 없었다. 대신 성전 건물 외벽을 마감한 유리벽에 특수 코팅된 건축 유리 필름을 씌우라는 조치가 내려졌다. 규모가 큰 성전 건물에 필름을 씌우는 작업은 쉽지 않았다. 왼쪽 유리벽 면부터 필름을 입혔다. 다음 날이면 필름이 죄다 뜯겨 나가고 없어졌다. 더 많은 인원이 동원되어서 필름을 붙이는 작업을 한 결과 성전 유리벽 전체가 필름으로 덮였다.

　그날, 생중계되었던 성전 점거 사건이 벌어졌다. 건물 앞 광장과 차도에 운집해 있던 성난 사람들이 일출을 앞두고 성전으로 달려들었다. 차도는 자루 옷으로 넘실대고 곧이어 성전 유리벽은 칠이 벗겨진 몰골이 되었다. 거대한 유리 성은 미처 뜯겨 나가지 못한 필름이 군데군데 입혀진 상태로 모습을 드러냈다. 자루 옷을 입은 사람들이 성전의 유리벽에 몸을 드러내자 그날의 첫 햇빛이 유리벽을 통과했다. 유리벽을 통과한 햇빛은 자루 옷을 입은 사람들의 몸을 어루만지고 다시 맞은편 건물 앞 광장에 모인 사람들에게 반사되었다. 광장에 있던 사람들이 팔을 들어 올려 햇빛을 온몸으로 받아들였다. 성전은 자루 옷을 입은 사람들이 장악했다. 성전이라 이름 붙여진 건물이 최초에 어떤 용도였는지 관심 가지는 사람은 건물주밖에 없었다. 건물주는 특단의 조치가 필요했다. 관할 기관과 정부로부터 건축비의 일부를 지원받는다는 조건하에 건물을 폭파하는 데 동의했다. 뉴스에 따르면 폭파 날짜가 내일이었다.

*

퍽, 하는 소리와 함께 차양막으로 쓰던 셔츠가 떨어졌다. 아, 씨, 뭐야. 나도 모르게 튀어나온 말에 놀란 여자가 지팡이를 앞세우고 서 있었다. 여자는 다급하게 지팡이를 허공에 더듬거렸다. 나와 부딪치는 바람에 방향을 잃어버린 듯했다. 여자는 자외선 차단 안경을 쓰고 있었지만 눈이 안 보이는 모양이다. 자외선 치료를 강하게 한 부작용이거나 이곳에서 햇빛에 장시간 노출한 결과일 것이다. 선도 혹시… 나는 바닥에 떨어진 셔츠에 붙은 인설을 털어 내며 짜증을 눌렀다. 어디로 가십니까. 도와드릴까요? 여자는 당황한 기색으로 괜찮다며 지팡이를 바닥에 탁탁 쳤다. 불규칙적이고 다급한 지팡이 소리가 신경에 거슬렸다. 나는 방향을 못 잡는 여자의 팔을 잡았다. 놀란 여자가 몸을 격하게 빼면서 바닥에 나뒹굴었고 손에 쥐고 있는 지팡이를 휘둘렀다. 병신… 지랄하네. 도와주려고 했더니… 나는 여자를 두고 그 자리를 떠났다. 선…선… 선을 찾아야 해. 나의 선은 저런 여자와는 다르다. 셔츠에 남아 있는 인설을 마저 털어 냈다. 셔츠를 머리에 두르고 차양막을 만들었다. 선에게서 나온 인설 위에서 뒹굴었던 나지만 다른 사람들의 인설은 꺼림칙했다. 걸을 때마다 폴폴 올라와서 주변을 날아다녔다. 입술에 닿는 것은 혀로 밀어 뱉어 냈다.

선의 피부가 과증식으로 인해 피부 층이 겹겹이 쌓이고 하얀 비듬 같은 각질이 떨어져도 나는 상관없었다. 선의 옷을 벗기고 보습제나 연고를 발라줄 때에도 선의 몸이 예쁘다고 말해 줬다. 진심이었다. 선은 나의 진심을 받아들이지 않았다. 나는 선이 누워 있는 이부자리에서 각질을 모았다. 피부 증식의 속도가 하루가 다르게 빨라졌고 각질은 많이 쌓였다. 어느 정도 각질이 모아지자 선을 위한 파티를 벌였다. 선을 침대에서 일으켜 앉게 하고 그동안 모아온 각질을 검정색 패드 위에 쏟았다. 선에게서 떨어져 나온 각질이 은빛으로 선명하게 보였다. 나는 옷을 벗었다. 알몸이 된 나는 패드 위에서 뒹굴었다. 일어나 앉아 각질을 손에 가득 담아 올려 몸에 비볐다. 팔과 다리, 가슴, 엉덩이, 성기까지 은빛 각질로 뒤덮였다. 손과 피부에서 묻어난 땀으로 각질이 쪼그라들고 부피를 줄여 가자 나는 가슴선에서부터 엉덩이 아래까지 부풀어 오른 상처 부위를 세심하게 각질로 문질렀다. 얼굴 위쪽과 허벅지 밑의 피부와는 다른 색깔로 발갛게 올라와 있는 두툼한 화상의 흔적. 반바지를 입거나 옷을 벗지 않는 한, 다른 사람은 모르는 상처.

선은 내 몸의 흉터를 알고도 결혼했다. 엄마와 같이 지내던 작은 방에서 혼자 자다가 불이 났다는 것과 정신이 들어 끔찍한 화상 치료를 받고 퇴원할 때까지 엄마는 나타나지 않았다는 것을 이야기해 줬다. 엄마는 감쪽같이 사라졌다. 선은 내 몸의 흉터를 사랑했고 나를 이해한다고 했다. 선은 그런 나를 받아 준 사람이었다. 그런 선을 위해 나도 선과 같은 병에 걸려서 선과 똑같은 몸이 되고 싶었다. 그렇게 되면 선이 나를 밀쳐 내지도 자신을 만지기만 해도 자지러지게 소리를 지르지도 않게 될 거라고 믿었다. 전염병이 아닌 면역이상으로 생기는 병이라는 것을 알고 있지만 선과 같아지고 싶었다. 선이 자는 틈에 협곡처럼 갈라진 피부 사이로 번지던 피를 빨아 먹기도 했고, 선이 싫다고 악을 써대도 선홍색 발진이 있는 자리에 인설이 쌓이면 입을 맞췄다.

땀을 머금은 각질은 누런 색깔로 변했다. 나는 검정색 패드를 오므려 부피가 줄어든 각질을 한 곳으로 모았다. 손으로 털어 내어 입에 넣었다. 목으로 잘 넘어가지 않아 씹어 먹어야 했다. 남아 있는 각질도 마저 먹었다. 선은 소리 없이 눈물을 뚝뚝 흘리고 있었다. 떨고 있었다,

그날 선이 사라졌다. 선은 그날 밤에 나를 내치지 않았다. 선과 한 침대에 누워 두꺼운 피부를 쓰다듬으며 손에 묻어나는 각질을 바라봤다. 어머니의 닭살 같은 피부를 만졌을 때처럼 거칠한 선의 피부가 몸으로 전해졌다. 편안했다. 나의 여자, 나만의 여자. 나를 절대 떠나지 않을 여자. 오랜만에 선의 품에서 잠이 들었다. 선의 갈라진 피부 사이로 스며드는 꿈을 꿨다. 갑자기 강한 빛이 쏟아졌다. 숨이 막혔다. 빛은 뜨거운 불길로 변해 살아 움직였다. 전기장판에서 시작된

불은 아이의 몸에 옮겨 붙었다. 비명을 지르며 이불을 몸에 두르고 불을 꺼보지만 뜨겁다. 뜨거워, 엄마, 뜨거워. 구급대원이 아이를 실어 나른다. 아이는 정신을 잃어가면서 엄마를 부른다. 엄마, 엄마, 뜨겁다. 더 이상 참기 힘들었다. 눈을 떠야 한다. 꿈에서 깨어야 뜨거운 것에서 벗어날 수 있어. 눈을 떠. 악, 뜨거워, 눈을 떠. 엄마, 엄마, 나는 필사적으로 버둥거렸다. 눈을 떴다. 몸을 두드렸다, 몸에 붙은 불의 느낌이 선명하다. 자리에서 일어나 욕실로 내달렸다. 차가운 물을 틀어 몸을 식혔다. 샤워기 밑에서 찬물을 맞고 있는데 갑자기 머리에 전류가 흐르는 느낌이 왔다. 불길한 전류가 몸 전체로 퍼졌다. 안방으로 달려갔다. 몸에서 물이 떨어졌다. 안방에서 거실로 작은방으로 물 자국이 생겼다. 선이 없어졌다.

슈퍼면역이상건선은 동반하는 합병증이 많았는데 당뇨병, 대사증후군, 심혈관질환, 고혈압 등이 일반인에 비해 발생 비율이 열 배에 가까워서 병이 전신에 퍼진 상태에서는 불가항력으로 합병증이 따랐고 자신의 몸을 제어하기 힘든 상태에 이른다. 선도 이런저런 합병증에 노출되어 약물 치료를 받고 있었다. 특히 불면증과 우울증으로 몸과 정신이 무기력한 상태로 지낸 지 오래되었다. 혼자서 외출하는 것은 힘든 상황이었다. 무엇보다 선은 혼자 나가지 못한다. 선이 나를 두고 갔을 리가 없다.

　선과 살면서 고마운 마음을 어떻게 표현해야 하나 고민했다. 한번은 선이 모임에 나갔다가 늦게 들어온 적이 있는데 딱딱한 내 표정을 본 선이, '당신 진짜 나 사랑하는구나'라며 헤실거리며 나를 껴안았다. 선이 화가 난 내 모습을 좋아한다는 것을 알게 된 날이었다. 내가 선을 위해 해 줄 수 있는 일이 생겼다. 선의 웃음을 생각하며 수시로 전화했다. 누구를 만났는지 뭐 하고 있는지 전화를 못 받으면 왜 못 받았는지 자세하게 말 할 것을 요구했다. 어물거리거나 정확하게 대답하지 못하면 화를 냈다. 내가 선에게 보여줄 수 있는 최대한의 표현이었다. 선은 점차 내 전화를 놓치지 않고 받았다. 불시에 집에 들이닥쳐도 늘 집에 있었다. 전처럼 헤실거리는 웃음을 보이지 않았지만 나만을 바라보는 선에게 안도했다. 그런 선을 보면서 나는 몇 시 몇 분 몇 초에 어디서 무엇을 하고 있었는지 더 자세하게 물어보기 시작했고 조금이라도 처음과 말이 달라지면 다시 말하게 했다. 자세하고 구체적일수록 좋았다. 선과 그런 이야기를 나누다 보면 날이 밝았다. 선은 혼자 외출하지 않게 되었다. 나와 같이 하는 시간만을 원했다. 그런 선을 보면서 화상을 입은 어린 시절 이후로 처음으로 만족감을 느꼈다.

　선이 슈퍼면역이상건선에 걸리자 병원 치료를 위해 밖으

로 나갈 일이 생겼다. 그때마다 선은 완강히 나가기를 거부했다. 밖으로 나가는 것을 두려워했다. 사실 나는 선의 피부가 코끼리 피부처럼 두꺼워지고 피가 나서 갈라지고 비듬 같은 각질이 일어나는 것을 보는 것이 좋았다. 하루가 다르게 선의 몸에 퍼지는 발진과 두꺼운 피부층이 쌓이는 것이 마법 같았다. 평생 각질이 일어나는 흉이 진 몸. 그런 몸을 가진 선이 내 여자인 것이 기뻤다. 그렇지만 슈퍼면역이상건선에 따른 합병증으로 당뇨가 심해지고 시력도 급격하게 나빠진 선을 두고 볼 수는 없었다. 병원에 가기 위해 선을 차로 옮기려면 전쟁을 치러야 했다. 자신의 몸에 손도 대지 못하게 발악을 했다. 하루 종일 무기력하게 늘어져 있던 바싹 마른 몸에서 괴력이 솟아나 나를 밀쳤다. 선이 나를 밀쳐 내거나 옆에 오지 못하게 해도 자신의 몸을 보여 주기 싫어하는 선의 마음을 이해했다. 나는 선의 있는 그대로를 사랑하기 시작했으니까. 선의 몸이 어떻게 변하든 상관이 없다, 오히려 선의 피부가 두꺼워질수록 각질이 더 많이 떨어질수록 선에 대한 마음은 깊어갔다. 나만의 사람이라는 확신만큼 나를 편안하게 하는 것은 없었다, 선이 내 마음을 알아주기를 기다릴 뿐이었는데 선이 사라졌다니….

*

그림자가 모양을 바꿨다. 성전 유리벽에 반사된 빛은 여전히 건물 앞 광장에 되비치고 있다. 눈앞에 불길이 이는 듯한 햇빛은 여전하다. 자외선 차단 안경을 바짝 끌어당긴다. 여러 날 잠을 자지 못해서 어지럽다. 선이 사라진 뒤에 잠을 잔 기억이 없다. 눈을 감고 싶어도 눈을 감으면 들이닥치는 불길 때문에 눈을 부릅떠야 했다. 눈을 감으면 햇빛이 나를 삼켜 버릴 것 같다. 선과 만난 지 6만 5천 7백 시간 15분 5초를 지나고 있다. 자루 옷을 입은 남자 여러 명이 나에게 가까워진다 싶더니 나를 에워쌌다. 어지러웠다. 눈이 자꾸 감긴다.

"보여 주십시오."

저음의 남자가 나에게 말했다. 나는 선을 찾으러 왔다고 했다. 두 명의 자루 옷이 양 쪽에서 팔을 뒤로 꺾었다. 저음의 남자가 내 몸을 위에서 아래로 훑어 내렸다. 몸에 감춰진 것이 아무것도 없다는 것이 확인되자 팔을 걷어 올려 살폈다. 그리고 티셔츠를 올려서 확인했다. 화상으로 인한 흉터가 가슴 전체에 뒤덮인 것을 자루 옷들이 보고 말았다. 습기 없는 가을 햇빛이 불똥이 되어 가슴에 내리 꽂히는 느낌이다. 가슴에 불이 붙은 것처럼 뜨겁다, 불길이 번진다. 살이 타는 냄새가 난다. 눈앞에 불길이 일렁인다. 눈을 가리고 몸을 뒤틀었다. 자루 옷들이 나를 바닥에 눕혔다. 순간적으로 굳어버린 내 팔과 다리를 자루 옷들이 양쪽에서 잡고 주물렀다. 눈앞에서 춤을 추던 불길이 사라졌다.

"선은 어디 있나요?"

자루 옷을 입은 남자들은 누워 있는 나를 내려다보고 있다.

"선이 떠날 리가 없는데… 선이 전화가 왔어요. 오늘 여기로 오면 볼 수 있다고…."

자루 옷에 일어난 보풀이 미세하게 흔들리는 것이 느껴졌다. 저음의 남자가 말했다.

"그 분이 전화를 하셨나요?"

"네, 선이 나한테 와 달라고 했어요. 전화가 와서…."

저음의 남자가 자루 옷을 입은 일행들에게 눈짓을 보내고 그들이 천천히 일어서고 있을 때 빠르게 말했다.

"선생님이 찾으시는 분 보게 될 겁니다. 그분이 전화를 걸었다면 말입니다. 오늘 전화를 받고 이곳에 오신 분들은 만나고 싶은 사람을 볼 수 있어요."

"선이 도대체 어디에 있나요. 제발 알려 주세요"

자루 옷들은 누워 있는 나를 뒤로하고 사람들 속으로 사라졌다. 셔츠를 얼굴에 감쌌다. 지겨운 햇빛. 눈이 쓰라리다. 바닥에 쌓여 있던 인설이 몸에 감겼다. 사람의 몸에서 떨어져 나온 죽은 세포들이 내 몸을 받쳐 주고 있다. 주머니에서 휴대폰을 꺼내 재발신을 누른다. 신호음만 들릴 뿐 여전히 받지 않는다. 일어나 앉아 셔츠를 머리에 두르고 몸에 묻은 인설을 털어 냈다. 광장에 있는 사람들은 성전 유리벽을 향해 서 있거나 조금씩 햇빛 그림자를 따라 이동하고 있었다. 이동의 범위가 짧아서인지 같은 자리에 있는 것처럼 보였다. 바닥에 드리운 그림자가 새로운 모양으로 바뀌었다. 유리벽을 바라보았다. 성전 유리벽에서 빛이 빠지고 있다. 짱짱했던 햇빛이 마지막 힘을 쓰고 있다. 햇빛이 물러가는 시간. 유리벽에 반사된 햇빛을 쪼이기 위해 모인 사람들은 마지막 햇빛마저 아까운 듯이 유리벽을 향해 손을 펼쳤다. 잠깐 사이 거대한 유리벽에 붉은빛이 스미기 시작했다. 유리벽 오른쪽에서부터 시작한 붉은 기운이 왼쪽으로 물들고 있다. 성전 유리벽이 노을을 빨아들였다. 붉은 유리벽은 불길처럼 일렁였다. 광장의 사람들, 도로를 메운 사람들, 이렇게 많은 사람들이 몰려든 공간에 있다는 것이 실감나지 않을 정도로 고요했다. 사람들의 숨소리도 들리지 않았다. 노을을 삼킨 유리벽을 바라보는 광장의 인파도 노을에 잠겼다.

순. 간. 유리벽의 왼쪽에서 까만 물체가 떨어졌다. 계속해서 턱… 턱… 턱… 턱… 턱… 턱… 턱… 턱… 턱… 턱… 턱… 열 두 개의 까만 물체가 유리벽 전면에 일렬로 늘어졌다. 자루 옷을 입은 사람들. 자루 옷을 입은 사람들이 붉은 유리벽에 매달려 있었다. 광장은 피를 끼얹은 듯이 붉은 기운에 감싸여 있지만 그 어느 때보다 고요하다. 사람들은 성전 유리벽에 매달려 있는 자루 옷을 향해 손을 높이 들어 올린다. 누군가의 입에서 '이제 시작이다' 라며 울음 섞인 말이 들린다. 뭐가 시작이라는 거지. 선은, 나의 선은 어디에 있는가. 선을 찾아야 한다. 붉게 물든 유리벽을 힘들게 바라봤다. 유리벽에 길게 늘어진 줄 밑으로 자루 옷을 입은 열 두 명의 사람들. 선의 체구와 비슷한 여자가 보인다. 노을빛에 물든 인설은 핏빛이다.

첸과 차우

손님은 그날 이후 목요일마다 왔다. 올 때마다 2046호에서 마사지를 받았다. 2046호에 다른 손님이 먼저 와 있거나 룸이 꽉 차 있을 때면 그냥 돌아갔다. 언제부터인가 목요일이면 2046호를 비워놓기 시작했다.

첸과 차우

지하로 내려가는 계단에 햇빛이 깔려 있다. 햇빛은 구물거리는 꼬리를 달고 지하 입구까지 닿아있다. 나는 계단이 끝나는 곳까지 걸어가 문 앞에 섰다. 문 밑으로 새어 들어간 햇빛과 유리문에 어룽거리는 햇빛 물결을 쳐다봤다. 문에는 화양연화 경락마사지라고 씌어 있다. 오돌토돌하게 올라선 글씨에 손을 대고 쓸어본다. 문을 민다. 문에 매달린 종소리가 울리면서 먼지가 폴폴 일어났다. 문을 바깥쪽으로 열어 놓았다. 계단에 걸쳐 있던 햇빛이 지하로 스민다. 그 뒤를 따라 먼지가 날아오른다. 안으로 들어서자 무덤 속처럼 칙칙한 공기가 맡아졌다. 정이 뛰어나왔다. 관리사 중에서 가장 나이 어린 정이다. 나의 이른 출근 시간에 당황한 정은 이미 내가 열어 놓은 문에 손을 대고 여는 시늉을 한다. 뒤이어 카운터 뒤로 난 작은 방에서 한이, 숙소로 사용하는 카운터 맞은편 대기실에서 이와 김이 나왔다. 나는 인사를 하는 그들을 외면하고 지하로 들어온 햇빛을 밟고 서서 입구 문을 닦기 시작했다. 빨간 글씨로 적힌 '화양연화'에서 오래 머물렀다. 관리사들이 부산대며 쓰레기통을 비우고 비어 있는 룸의 문을 열어 제켰다. 먼지가 입으로 들어왔다. 그사이 햇빛이 짧아졌다. 일층 현관 입구에서 지하까지는 짧은 거리였다. 햇빛은 지하에서 빠져나가 계단 위 현관 바닥에 뒹군다.

"보통 때는 문을 열어놓고 환기시키는데 오늘은 깜빡해서…."

나이 어린 정이 쭈뼛대며 말했다.

"햇빛 드는 시간에 잊지 말고 문 열어놔."

나는 무표정한 얼굴로 말을 내뱉고 카운터에 앉았다. 관리사들은 나를 힐긋대며 귀엣말을 주고받으면서 대기실로 들어갔다. 정확하진 않지만 '남편이랑 싸웠나, 왜 저래.'라는 것 같았다.

아, 남편. 남편 얼굴이 어떻게 생겼더라. 도저히 생각나지 않는다. 언제부터 남편 얼굴을 잊은 걸까. 피곤이 몰려온다. 오늘은 집에서 쉬라는 시댁 어른들의 말을 무시하고 기어이 가게에 나와 앉았다.

　쨍한 가을볕 아래에서 날리던 흙먼지. 둔탁하게 삽이 부딪치는 소리들이 쟁쟁거렸다. 연이어 퍽퍽 삽질 소리가 들렸다. 삽질은 날렵했다. 세 명의 용역회사 인부들은 빠른 속도로 무덤을 파헤쳤다. 봉분이 무너지고 구덩이가 깊어질수록 붉은 흙이 나왔다. 처음에는 마르고 푸슬거리는 흙이 조금씩 짙어지더니 축축해 보였다. 불그스름한 흙을 보면서 십년이 지나도 환골이 안 될 수도 있으니 관값을 준비하라던 직원의 말이 떠올랐다. 구덩이가 깊어졌다. 관이 드러나고 인부들이 관을 열었다. 여러 모양의 뼈들이 보였다. 가을볕이 깊숙이 들어찼다. 인부들은 뼈를 하나씩 건져 올려 준비해 온 네모난 상자 안에 담았다. 시댁 식구들과 아이들이 상자 앞으로 다가갔다. 나는 차마 가까이 갈 수 없었다. 남편의 뼈가 담겨 있는 상자를 바라보는 순간 더 이상 남편의 얼굴을 기억하지 못한다는 것을 알았다.

　남편의 무덤을 개장改葬하고 유골을 추려 화장하는 데 두 시간도 걸리지 않았다. 개장한 유골은 한 시간 안에 화장이 끝났다. 시설관리공단에서 시행하는 도시계획에 따라 공원을 만들기 위해 그 구획 안에 있는 남편의 묘지를 이장해야 했다. 시댁에서 점집에 가서 받아온 날짜와 시에 맞춰 개장改葬을 하고 화장火葬을 했다. 개장 전에 제사를 지내고 절을 올릴 때만 해도 가슴이 저릿거렸고 아이들이 충격받을까 막막한 심정이었다. 결혼한 삼 년 만에 교통사고로 죽은 남편. 아이들은 사진으로만 봤을 뿐 아빠의 존재를 알지 못했다.

남편의 뼈를 태우고 뜨끈뜨끈한 뼛가루를 뿌렸다. 유골 뿌리는 장소가 따로 있어서 한 달에 한 번씩 수목장을 해준다 했다. 인부들이 개장을 하는 삽질 소리가 들리기 시작할 때부터였을 것이다. 알 수 없는 간질거림이 저 밑에서 올라왔다. 작정한 것은 아니었다. 정말 그런 마음이 들 거라고는 생각해본 적이 없었다.

남편 산소에 처음 갔던 날이 떠오른다. 비가 온 뒤라 땅이 패어 바닥이 울퉁불퉁했다. 불편한 자세로 절을 하다가 뒤로 굴러 떨어졌다. 산소 위쪽으로 올라오려고 축축한 흙을 짚고 일어서려는 찰나 무덤이 내 앞으로 스윽 다가왔다. 남편 무덤뿐만이 아니라 주변에 있는 무덤들이 내 쪽으로 거리를 좁혀오면서 다가오고 있었다. 고개를 흔들고 눈을 감았다 떴다. 무덤들이 제자리로 돌아가 있었다. 남편의 갑작스런 죽음으로 정신적으로 허약했던 시기였으므로 헛것을 봤을 거라고 중얼거렸지만 그 뒤로 산소에 가기가 무서웠다. 제사를 지낸 후면 시댁 식구들과 같이 산소에 갔다. 왜 그런지 설명할 수 없지만 갈 때마다 처음 오는 사람처럼 남편의 무덤을 찾지 못했다. 혼자서는 남편 묘 자리를 찾지 못했다. 명절이면 시댁 어른들이 쯧쯧거리는 소리와 눈빛들이 나에게 쏟아지는 것을 참아내기가 힘들었다.

이제 무덤이 없어졌다. 봉분이 사라지고 뼈가 드러나기 시작하자 몸속에 퍼지는 간지럼 때문에 피식 웃음이 나오는 것을 막을 수가 없었다. 돌연한 감정에 나도 놀랐고 다른 사람들에게 들키고 싶지 않았다. 화장을 마치고 시댁 어른들과 아이들은 집으로 보내고 나는 가게로 바로 왔다. 웃음이 자꾸 나오는 것을 참느라 화난 표정이 되었다. 대기실로 들어간 관리사들이 입을 막고 웃는 소리가 들린다. 관리사들은 내가 뚱해 보이는 이유가 남편과 싸워서 그럴 거라고 짐작하고 있을 것이다.

손님이 들기에 이른 시간이다. CD가 걸려있는 오디오 플레이를 누른다. 진하고 깊은 바이올린 소리가 가게 안을 파고든다. 다른 날보다 볼륨을 배로 올린다. 바이올린 소리는 더 높아졌다. 바이올린 현이 끊어질 듯 울리는 소리가 룸과 룸 사이의 좁은 통로를 빠져나가 문이 열려진 룸 안으로 빨려 들어간다. 햇빛이 사라진 지하에 조명들이 창백한 빛을 내뿜는다. 가게 안은 온통 바이올린 소리가 가득하다. 나는 눈을 감고 음악에 몸을 맡긴다. 볼륨을 최대로 올렸다. 몸이 붕 뜨는 느낌이다. 내 몸뿐만이 아니라 주변의 모든 것들이 하늘로 날아오르는 것 같은 느낌. 뭔가 깨지는 소리… 다시 들린다. 눈을 떠보니 손님이 카운터에 바싹 붙어서 나를 바라보고 있다. 카운터에 노크하듯이 손으로 두드리고 있는 중이었다. 오디오 볼륨을 낮췄다. 전에 한 번 왔던 손님이다. 손님은 처음 왔을 때 관리를 담당했던 관리사를 원했고 비용을 지불했다. 김을 호출했다. 그 사이 손님은 자기가 룸을 선택할 수 있냐고 물어왔다. 손님이 관리사를 지명하는 것은 흔한 일이었지만 룸을 선택하고 싶다는 것은 처음이었다. 첫 손님이었고 룸은 비어있었기에 그러라고 했다.

커플 룸을 제외하고는 모든 룸은 똑같은 크기와 모양을 하고 있었다. 손님은 카운터 옆으로 붙어있는 왼편의 2041 2042, 2043, 2044를 지나 오른쪽으로 꺾어지기 전에 있는 2045, 2046, 2047을 지나 오른편에 있는 2048, 2049를 지나 커플 룸까지 훑어보았다. 좁은 통로의 왼쪽 끝까지 걸어 갔다가 다시 오른쪽으로 돌아 카운터 앞으로 다가온 손님은 2046호를 택했다. 김에게 6번 룸으로 손님을 모시라고 했다. 김을 따라 룸으로 향하던 손님이 고개를 돌려 말했다. 지금 나오는 1번 트랙 한 시간만 반복해서 틀어주시면 고맙겠습니다.

*

  현관 입구에 커다란 기둥 모양의 노란 풍선 입간판이
서 있다. 화양연화 경락마사지. 24시간 영업. 한 번 왔던
곳이지만 술이 취한 상태로 왔었던 터라 상호를 유심히
쳐다봤다. 마사지 숍에 어울리는 것 같기도 하고 어울리
지 않는 것 같기도 하다. 지하로 내려가는 계단은 많지 않
았다. 지하치고는 깊게 위치하지 않아 개방적인 느낌이
다. 계단 중간 참에서 멈췄다. 문이 활짝 열려 있었다. 음
악 소리가 크게 들렸다. 청소를 하느라 열어 둔 것이라면
너무 이른 시간에 온 것이 민망할 듯해서 계단에서 망설
였다. 일주일을 벼르고 온 참이다. 안에서 들리는 음악에
귀를 기울였다. 귀에 익은 바이올린 소리. 룸바 버전을 가
미한 독특한 연주. 일주일 내내 들었던 음악이었다. 나도
모르게 안으로 들어섰다. 지하는 바이올린 선율에 젖어
있었다.

  문으로 들어서자마자 왼쪽에 위치한 카운터에 여자가
앉아 있었다. 주인 여자인 모양이다. 기억에 없다. 여자는
눈을 감고 음악에 온몸을 맡기고 있었다. 여자의 얼굴에
나타난 표정은 도저히 가늠하기 힘든 무언가 있었다. 슬

픈 것도 같고 체념의 그늘이 드리워진 것도 같은 알 수 없는 표정이었다. 여자의 눈썹이 가늘게 흔들리고 있었다. 음악은 룸바처럼 탁탁 끊어질 듯하면서 길게 이어지는 합주로 연결되어 웅장한 오페라 곡을 연상하게 했다. 나는 카운터로 바짝 다가가서 노크하듯이 두드렸다. 여자는 여전히 눈을 감고 있다. 다시 한 번 더 크게 두드렸다. 합주 부분이 끝나고 바이올린 독주에서 여자가 눈을 떴다. 눈을 뜬 여자는 의자에서 떨어질 뻔했다. 귀신을 본 것처럼 놀라서 펄쩍 뛰더니 금세 표정을 수습하고 어서 오세요 하며 어색하게 웃었다. 나는 비용을 결재하고 전에 왔을 때 담당했던 관리사를 부탁했다. 그리고 룸을 선택할 수 있냐고 물었다. 여자는 룸이 비어 있으니 마음대로 고르라고 했다. 나는 홀 전체를 둘러보았다. 문을 열고 들어서면 정면으로 중앙에 커다란 꽃 그림이 그려진 액자가 벽에 걸려 있고 그 밑에 일직선으로 책장이 있어서 책이 느슨하게 꽂혀 있다. 그 앞에는 빨간 소파가 있다. 그 왼쪽에 카운터가 있고 꽃그림이 걸린 벽을 중심으로 양쪽에 룸이 이어져 있었다.

우선 카운터를 지나 첫 번째 룸 앞에 섰다. 문에는 2041이라고 쓰여 있다. 그 옆의 룸에 차례대로 2042, 2043, 2044가 적혀 있었고, 카운터 쪽에서는 안 보이는 꽃 그림이 걸린 벽 뒤편에 일자로 2045, 2046, 2047이 있었다. 좁은 통로를 지나 미로처럼 연결된 공간은 조도 낮은 조명이 바닥을 비추고 있었다. 다시 오른쪽으로 꺾어 나오자 2048, 2049 번호가 붙어있고 그 옆으로 다른 곳보다 커 보이는 룸에 커플이라고 적혀 있었다. 커플 룸 옆으로 나있는 통로는 대기실로 연결되는 모양이다. 호출을 받은 관리사들이 그곳에서 나왔었다. 카운터 앞에서 시작해서 왼쪽에서 오른쪽으로 한 바퀴 돌아 다시 카운터 앞으로 왔다. ㄷ자를 뚫린 부분이 아래로 오게 세워 놓은 구조였다. 나는 여자에게 2046호를 원한다고 했다. 여자는 약간 당황한 듯하면서도 익숙한 웃음으로 응대하며 관리사를 호출했고 편한 시간 되세요 라는 말도 잊지 않았다. 나는 관리사를 따라 룸으로 안내를 받으며 걸어가다 말고 돌아서서 여자에게 말했다.

"지금 나오는 1번 트랙, 한 시간만 반복해서 틀어 주시면 고맙겠습니다."

2046은 처음 왔을 때 들어갔던 방과 똑같은 구조였다. 좁은 방에 마사지용 침대가 중앙에 자리 잡고 있고 정면에 장식장과 그 위에 꽃병이 있다. 그 외 다른 가구나 물건들은 없이 직사각형의 좁고 길쭉한 방이었다. 관리사는 갈아입을 옷을 건네주고 문 옆에 있는 조절기로 조명을 낮추고는 밖으로 나갔다. 황토 반바지와 반팔로 갈아입고 핑크색 시트지가 깔려 있는 침대에 걸터앉아 방안을 둘러봤다. 좁고 작은 공간인데 묘한 안정감이 들었다. 나의 짐작대로 룸 번호에 2046이 있었다. 그것을 확인하기 위해 전체 구조를 둘러볼 때 나타난 좁은 통로와 작은 방들, 낮은 조명… 마치 영화 속 장면처럼 익숙했다. 관리사가 준비물을 가지고 들어오자 잠깐 열려진 문으로 1번 트랙이 돌아가는 음악소리가 크게 들렸다. 나는 침대에 엎드렸다. 관리사가 어깨와 목을 마사지하기 시작했다. 1번 트랙은 여전히 돌아가고 있었다. '2046'의 메인 테마인 룸바 버전의 연주곡이 반복되고 있다. 여자가 내 부탁을 들어 준 것이다. 여자는 '화양연화'와 '2046'을 좋아하고 왕가위 혹은 양조위를 좋아할 것이다. J도 그랬다.

J와 화양연화… 참 오래전 일이다. 부산국제영화제 폐막작이었던 '화양연화'를 J와 봤었다. 인생에서 가장 아름답고 행복한 순간이란 뜻을 가진 화양연화. J는 '화양연화'의 감독인 왕가위의 팬이었는데 '화양연화'를 본 후에 주인공이었던 양조위의 열혈 팬이 되었다. 영화가 끝나고 폐막식을 알리는 불꽃이 터지며 사람들의 환호 소리로 들끓을 때 J는 영화 속 이미지에 푹 빠져 있었다. 폐막식을 즐기는 사람들과 서둘러 빠져 나가는 사람들 사이에서 J와 나는 느긋하게 폐막식에 참석했던 배우들의 모습을 지켜보며 영화제의 마지막

을 음미했다. 영화제 폐막이 토요일이라 출근 걱정 없이 부산에서 하룻밤을 보냈다. J는 차우와 첸의 이루지 못한 사랑에 대해서 이야기했고 왕가위 감독의 스타일과 천재적인 편집 능력에 대한 극찬을 하느라 정신없었다. 무엇보다 차우 역을 맡았던 양조위의 눈빛, 우울을 내뿜는 제스처 등에 대한 이야기가 가장 많았다. 사실 나는 차우 역의 양조위보다 첸 역활의 장만옥과 장만옥이 입었던 치파오의 색감들이 더 인상적이었지만 영화 전반적인 느낌은 J와 같은 입장이었고 특히 음악에 대해서는 열을 내며 토론을 벌이느라 시간 가는 줄 몰랐다.

J는 아직도 왕가위와 양조위를 좋아할까. 나는 화양연화 OST가 발매되자마자 두 개를 사서 하나는 J에게, 하나는 차에 두고 늘 듣곤 했다. 나중에 안 사실이지만 J는 나에게 선물 받기 전에 이미 예약 구매를 해서 듣고 있던 참이었다. J와 만나는 내내 '화양연화'의 OST에 있는 '유메지의 테마', '키사스'와 넷 킹 콜이 부른 노래를 들으며 저절로 외워 버렸다. 어디서든지 곡조와 노래가 나오면 나도 모르게 흥얼대곤 했다.

나는 몸이 이완되는 것을 느끼면서 처음 이곳에 왔을 때를 떠올렸다. 경제자유구역으로 지정된 신도시가 조성되어 대규모 아파트와 외국 기업과 유수 대학교가 이곳으

로 이동하고 있는 시점에 새 영업점이 개장되었고 나는 과장
승진과 동시에 발령을 받아 왔다. 은행 업무는 홍보 전략에
따른 부서별 활동량이 부과되었고 업무량은 많았다. 그동안
승진을 위해 잠을 쪼개며 공부하던 세월들을 위해서라도 새
영업점에서 과장으로서의 실적을 보여야 했다. 스트레스는
쌓여만 가고 새벽에 집에 들어가는 날이 태반이었다. 서울에
서 외곽에 있는 신도시까지 출퇴근도 만만치 않아, 늦은 날
이면 근처 사우나에서 자는 날이 잦았다. 몸은 늘 뻐근하고
무거웠다. 회식이 있던 날, 내가 어깨를 주무르는 것을 본 강
대리가 경락마사지를 받아보라고 권했다. 은행은 신도시 중
심에 있는 대형주상복합건물 이층에 위치해 있었는데 그 건
물 지하에 있는 경락마사지 숍에서 마사지를 받고 효과를 봤
다는 말이었다. 조선족과 한족이 관리사로 있으며 그래서 그
런지 상호도 '화양연화'라고 말해줬다. 강 대리는 마사지 받
고 일주일은 몸이 가뿐했었다는 말과 함께 사장이 여잔데 꽤
예쁘더라는 말을 덧붙이며 삼겹살 기름이 묻은 입으로 느물
스럽게 웃었다.

   회식은 3차까지 이어졌고 집에 들어가 봐야 가고 오는 시
간을 빼면 잘 수 있는 시간이 거의 없었다. 강 대리를 포함한
몇 명이 경락마사지를 받으러 가게 되었다. 우리는 술에 취
한 상태에서 각자 지정된 룸에 들어가 마사지를 받았고 나는

마사지를 받다가 잠이 들어버렸다. 잠이 깨었을 때는 출근 시간을 앞두고 있었다. 서둘러 사우나에 들렀다가 출근을 했다. 술을 마신 다음날에 찾아오는 두통과 속쓰림이 있긴 했으나 마사지를 받아서인지 항상 뭉쳐 있던 어깨가 편해졌다. 평소에 어깨가 묵직하니 무거운 돌덩이를 매달고 있는 느낌이었는데 가벼웠다. 뻑뻑했던 목도 부드럽게 돌려졌다. 어깨와 목이 편해지니 머리도 맑아지고 온 몸에 새로운 기운이 생겨나는 것처럼 생기가 충만했다. 다음에 또 가봐야겠다는 생각을 하면서 '화양연화'라는 상호를 떠올렸다. 강 대리가 상호를 말해줄 때나 술이 취한 상태로 마사지를 받으러 갔을 때나 아무 생각 없이 지나쳤던 '화양연화'가 갑자기 심장에서 덜그럭 걸렸다.

집에 들어가자마자 CD케이스를 뒤졌다. '화양연화'와 '2046' OST를 찾아냈다. '화양연화'는 손때가 타서 케이스가 누렇게 변해 있었고 '2046'은 그에 비하면 새것처럼 보였다. 전날 외박한 남편이 다짜고짜 말도 없이 CD를 헤집어 놓는 모습을 바라보던 아내가 무슨 일이냐고 다그쳤지만 나는 CD롬에 '화양연화'를 집어넣었다. 까맣게 잊혀졌던 화양연화의 장면들과 음악, 장만옥과 양조위, J가 떠올랐다. 아내가 저녁 먹자고 소리칠 때 '2046'의 음악을 듣고 있었다.

화양연화에서 마사지를 받고 일주일이 지나는 동안 영화 '화양연화'와 '2046'을 다시 봤고 음악을 들었다. 그사이 마사지 숍에 처음 갔던 날, 술에 취한 중에도 들려왔던 '화양연화'의 주제곡이 기억났고 꿈속에서 J를 본 것도 같았다. 새벽에 잠이 깨어 그곳을 나올 때 룸 번호가 2043이었던 것도 기억해 냈다. 나는 음악을 들으면서 그곳에 있는 룸 번호 중에 2046이 있을 것이라는 느낌이 들었다. '2046'은 왕가위 감독 작품이면서 양조위가 주인공으로 나오는 '화양연화'의 후속 작이었다.

관리사는 일주일 사이 다시 뭉친 어깨를 풀기 위해 신중하고 오래도록 마사지를 하고 있다. 오른쪽 어깨가 단단하게 뭉쳐있어 쉽게 풀리지 않는지 관리사가 힘을 주고 있다. 멍이 들 정도의 아픔이 느껴졌지만 참았다. 나는 애써 심드렁한 체하면서 물었다.

"주인이 영화를 좋아하나 봐요? 영화 주제곡을 가게에 틀어놓는 것을 보면."

"엄청 좋아합니다. 매일 보는 영화가 따로 있어요."

"혹시, 화양연화…"

"어캐 아십니까? 그거하고 다른 거가 또 있는데 그거이… 숫자입니다."

나는 한국 생활이 오래되긴 했어도 아직은 설익은 발음을 하는 관리사에게도 영화를 좋아하느냐고 물었다. 좋아하지만 극장에 가서 보지 않고 TV에서도 영화를 많이 해줘서 손님이 뜸한 새벽에 본다고 했다.

관리사는 이제 내 위로 올라앉아 등뼈를 자박자박 누르며 허리선까지 마사지를 하기 시작했다. 힘을 주어 누를 때마다 억 소리가 나왔지만 시원했다. 관리사는 저번에 마사지를 받고 몸이 상쾌했다는 내말에 신이 나서 손에 힘을 더 주더니 말이 많아졌다.

나는 서서히 잠에 빠져 들었다. 음악은 8번 트랙에 있는 폴로네이즈로 변했다.

*

나는 카운터에 앉아 노트북을 펼쳐 놓고 영화 '화양연화'를 보고 있다. 지금까지 몇 번이나 봤을까. 남편과 같이 봤던 영화였다. 남편이 죽어 버렸으면 좋겠다는 내 생각을 알아채기라도 한 것처럼 남편이 갑자기 죽었다. 죄의식에 사로잡혀 집에 틀어박혀 있을 때 짓이겨지고 일그러진 남편의 얼굴이 나타났다. 아이들을 돌볼 정신이 아니었다. 친정 엄마가 그때부터 지금까지 아이들을 봐주고 있다. 마사지 숍은 24시간 영업이라 관리사들은 가게에서 숙식을 해결하고 나는 저녁 8시에 출근해서 다음날 새벽 4시에 퇴근을 하니 아이들을 믿고 맡길 사람은 친정 엄마밖에 없었다. 사실 그 이유가 아니어도 남편이 갑자기 죽었을 때부터 내 정신 건강을 의심하고 있는 엄마로서는 내 옆에 있어야 직성이 풀렸다. 왜냐하면 남편이 죽었는데 나는 남편이 죽지 않고 살아 있는 걸로 하기로 했기 때문이다. 그 결심은 후에 지분거리는 남자들로부터, 상가사람들의 입방아에서, 어찌하여 맺어진 인간관계들에서, 어떤 상황에서든지 여자 혼자인 거보다는 남편이 있는 편이 살기에 편하다는 결과를 가져다주었다. 그래서 가족들을 제외한 주변 사람들은 나에게 남편이 있는 걸로 알고 있다. 가끔 연기를 해야 하거나 거짓말을 해야 할 일도 생겼지만 그렇게 산 지가 십 년이 넘었기에 익숙해졌다. 그럴 때마다 '화양연화'를 봤다.

내가 남편이 있다는 것을 스스로에게도 잊지 않게 하기 위해서 할 수 있는 유일한 일이었다. 남편과의 추억은 그것뿐이었다. 이상한 것은 영화를 보는 횟수가 늘어날수록 남편의 얼굴은 지워지고 영화 속 주인공인 차우가 마치 남편인 것처럼 느껴진다는 것이었다. 노트북에서는 차우가 진하고 길게 내뿜는 담배 연기가 슬로우로 지나가고 있다. 차우의 착잡한 표정이 허공으로 천천히 피어 올라가는 담배 연기로 인해 고독감이 배가된다.

영화를 보느라 음악을 틀지 않은 것이 생각났다. 오늘은 '화양연화' OST를 틀었다. 노트북에서는 차우와 첸이 좁은 계단을 스치듯 지나가는 장면이 나오고 있다. 탱고 버전의 첼로 현이 독특한 소리를 내며 가게 안에 퍼졌다. 가게에서 트는 음악은 가요보다는 연주곡을 트는 편인데 그중에서 가장 많이 트는 것은 '화양연화'와 '2046'이었다. 손님 중에는 가끔 상호명이 영화 제목 아니냐고 물어오는 경우가 있었지만 음악으로 영화를 알아맞힌다거나 영화 제목이었던 2046이 룸 번호인 줄 몰랐다. 누구도 룸 번호에는 신경 쓰지 않았다. 1번 트랙을 한 시간 동안 반복해서 틀어달라던 손님이 생각났다. 손님은 직접 룸을 선택하고 싶다고 했다. 손님이 고른 것은 2046이었다. 손님이 직접 룸을 골라 '2046'으로 들어가던 날, 가게 안에는 '2046' OST 중에서 메인 테마인 1번 트랙이 돌아가고 있었다.

그 날은 남편의 무덤을 개장하고 화장을 한 날이기도 했다. 그날 나는 '화양연화'를 틀지 않고 '2046' OST를 틀었다. 남편의 무덤을 개장하고 화장까지 마치자 돌연한 감정들이 거세게 몰아닥쳐 숨기기가 힘들었다. 무엇보다 아이들과 시댁 식구들이 보는 앞에서 홀가분하게 웃는 모습을 들키고 싶지 않았다. 웃음이 비어져 나왔다. 내 심정은 말 그대로 홀가분했다. 날아갈 것처럼 숨통이 트였다. 그런 감정에 스스로 놀라면서 숨고 싶은 생각이 들었다. 내가 결국 간 곳은 망망대해 바다를 메꿔 만든 신도시 중심부에 위치한 지하 가게로 숨어드는 거였다. 나는 지하로 깊이깊이 숨어들었다. 혹시라도 내 감정을 들킬까봐 음악을 크게 틀어 놓고 눈을 감고 나만의 감정에 빠졌다. 그때 손님이 들어왔었다. 손님은 그날 이후 목요일마다 왔다. 올 때마다 2046호에서 마사지를 받았다. 2046호에 다른 손님이 먼저 와 있거나 룸이 꽉 차 있을 때면 그냥 돌아갔다. 언제부터인가 목요일이면 2046호를 비워놓기 시작했다.

문에 달린 종소리가 유별나게 크게 울렸다. 목요일마다 오는 손님이다. 대기실에서 쏜살같이 김이 달려 나온다. 대기실에 감시 카메라와 연결된 TV 상황판을 설치해 놓았기 때문에 안에서도 바깥 동정을 파악할 수 있었다. 김은 목요일이면 상기된 표정으로 들떠 있는 눈치였다. 김은 반갑게 손님을 맞이하면서 웃음으로 반겼다. 손님은 잠시 음악에 정신이 팔려 김의 인사치레에 응대를 못 했다. 손님이 평소보다 늦은 시간에 온 터라 김은 여러 차례 밖을 서성이기도 했다. 손님은 다른 날과 달리 비용을 계산하고 룸으로 들어가지 않고 망설였다. 손님 손에는 노트북 가방이 들려 있었다. 손님은 어렵사리 결심이 섰는지 카운터로 한 발 다가서서 말했다.

"저, 오늘은 마사지를 받으러 온 것이 아니라… 비용은 계산하겠습니다. 2046호를 제가 쓰고 싶은데요."

"네? 2046호를…"

나는 손님을 쳐다봤다, 잠시 허공에서 눈이 마주쳤다. 오늘따라 손님의 얼굴이 차우와 닮았다는 생각이 들었다. 나도 모르게 '그러세요'라는 말이 나왔다. 김의 황당한 표정을 뒤로 하고 손님은 왼쪽으로 난 좁은 통로를 지나 벽 뒤에 보이지 않는 룸인 2046으로 걸어갔다. 카펫이 깔린 통로에 발자국 소리가 날 리 없는데도 손님이 발을 옮길 때마다 자박자박 발자국 소리가 크게 들리는 것 같았다. 음악은 멕시코풍의 키사스, 키사스, 키사스로 바뀌면서 아마도, 아마도, 아마도, 그대 시간을 낭비하고 있어요 라고 속삭이는 넷킹콜의 목소리가 손님의 뒤를 따라갔다. 느리게 걸어가는 손님의 뒷모습이 차우의 모습과 흡사하다. 손님이 벽 뒤로 사라졌다. 나는 손님이 들어갔을 2046을 떠올리며 손님이 사라진 벽을 눈이 시도록 바라보았다.

어제, 아니 오늘 새벽에 나는 2046에 있었다. 나는 손님이 선택한 '2046'에 가끔 들어갔었다. 새벽 2시 이후 손님이 뜸해지는 시간이면 벽 뒤편에 숨어있는 룸인 2046으로 가는 좁은 통로를 지나면서 첸이 차우를 만나러 가는 마음이 되곤 했다. 일렬로 늘어선 룸을 지나 좁고 미로 같은 통로를 느리게 걸어가면 조명에서 반사된 창백한 빛이 발에 걸렸다. 2046 앞에서 호흡을 가다듬고 문을 열었다. 직사각형의 벽면마다 영화 속 장면들이 펼쳐졌다. 차르륵 차르륵 필름이 돌아가듯이 영상들은 느리고 미끄러지듯이 벽을 통과했다. 2046에 들어와 문을 닫는 순간 나는 없어지고 차우와 첸이 있을 뿐이다. 영상으로 물결치는 벽을 손으로 쓸었다. 차우의 얼굴, 첸의 치파오… 침대에 누었다. 천장에는 차우와 첸이 애절한 몸짓으로 사랑을 나누는 모습이 일렁인다. 손을 들어 천장으로 뻗어본다. 차우… 차우가 얼굴을 돌렸다. 차우의 얼굴 뒤로 또 다른 얼굴이 나타났다. 일그러진 얼굴에 눈은 희번덕거리며 입은 비틀어지고 거품을 물고 있는 얼굴. 침대에서 일어났다. 꿈속에라도 보고 싶지 않은 끔찍한 얼굴. 차우, 차우의 얼굴을 찾았다. 차우는 나타나지 않고 사지를 뒤틀며 경련하는 남편의 모습만 나타났다.

남편은 신혼여행 첫날밤에 욕실에서 나오다가 바닥에 쓰러졌다. 내가 달려갔을 때 남편은 뼈가 부러질 듯이 몸을 뒤틀며 버르적거렸다. 그 얼굴… 비틀린 입술에 거품을 물고 일그러진 코와 눈, 손과 발은 배배 꼬여 어디선가 뼈가 불쑥 솟아날 것 같았다. 난생 처음 보는 모습에 어찌할 바를 몰랐다. 무서워서 남편 옆에 가지도 못했다. 근처에서 남편 이름을 부르며 울기만 했다. 조금 지나자 남편은 아무 일도 없었던 듯이 일어나더니 나를 찾았다. 나는 남편 얼굴을 볼 수가 없었다. 남편이 나에게 다가오는 만큼 뒤로 물러났다. 남편이 겁에 질린 내 표정을 보더니 뭔가 알아차렸다는 듯이 그 자리에 털썩 주저앉아 무릎을 세워 끌어안고 머리를 파묻었다. 남편의 입에서 메마르고 갈라진 음성이 나왔다.

"나중에 얘기하려고 했는데… 하필… 나… 뇌전증이야. 간질이라고들 하지"

"……"

"지금 약물 치료 받고 있어. 자주 그러는 건 아니고…너무 흥분하거나 긴장하면 발작이 나타나기도 해. 당신… 괜찮아?"

나는 남편의 얼굴이 지워지지가 않았다. 첫날밤 이후에 남은 신혼여행 일정 동안 다행히 발작은 없었지만 남편의 얼굴을 마주 볼 수가 없었다. 남편은 평소처럼 성실하고 따뜻했으나 열렬한 연애를 하고 결혼을 한 것도 아니었고, 영화 한 편 같이 보고 저녁 몇 번 먹고는 결혼을 한 나로서는 사랑으로 모든 걸 감싸 안을 수 있다거나 이겨

낼 수 있다는 순애보는 생각할 겨를이 없었다. 다만 무섭다는 생각뿐이었다. 두 번째 날, 남편은 두려움에 떠는 신부의 옷을 강제로 벗겼다. 남편은 내 얼굴에 가득한 두려움을 보고는 무참한 표정이 되었다. 남편은 그 다음날도, 그 다음날도 밤이 오면 이 세상에 자기 사람이 있으면 좋겠다고 울부짖으며 나에게 파고들었다. 나는 얼굴이 수척해졌고 남편의 완력에 멍든 몸은 아팠다. 아침이면 남편은 다시 따뜻하고 착한 사람으로 돌아와 있었다. 신혼여행에서 돌아와 친정에 신행을 가서는 그대로 쓰러져 버렸다. 몸을 추스르고 시댁으로 갔을 때는 신혼여행에서 돌아온 지 일주일이 지나 있었지만 시댁에서는 오히려 내 눈치를 살피느라 조심스러운 분위기였다. 당시에 나는 선량하게 웃는 남편의 얼굴에서 일그러진 첫날밤의 얼굴만이 보였고 죄의식에 시달리면서도 남편이 죽어 버렸으면 좋겠다는 마음을 담고 살았다.

차우, 차우의 얼굴을 보고 싶었다. 남편의 무덤을 개장하고 화장한 날, 뼈가 드러나고 그 뼈가 뜨끈한 가루가 되어서 나왔을 때 나는 남편의 얼굴이 떠오르지 않았다. 짧은 결혼생활 동안 첫날밤의 충격은 악몽처럼 따라붙었었다. 애써 잊고 싶었던 남편의 얼굴이 기억 속에서 사라져버렸다고 생각한 그날 이후 남편의 얼굴은 지워졌다. 그런데 갑작스럽게 남편의 얼굴이 오늘 새벽에 비틀리고 일그러진 모습으로 차우의 얼굴을 몰아내고 나타났다. 나는 차우가 필요했다. 오랜 세월 내 남편이었던 차우, 내가 유일하게 사랑한 남자, 차우.

*

2046으로 가는 좁은 통로, 나는 여자의 시선이 등 뒤에 따라붙는 것을 느낀다. 조명이 비추는 빨간 카펫 위를 최대한 느리게 걸었다. 노트북을 든 손에 힘이 들어가는가 싶더니 마치 영화 속 차우가 내 몸으로 들어온 듯했다. 나에게 들어온 차우가 노트북을 들고 어둡고 좁은 통로를 걸어가는 것을, 내 몸에서 떨어져 나온 내가 들여다보고 있는 착각이 일었다. 차우와 나는 분리되기도 하고 한 몸이기도 한 채 2046으로 들어갔다.

나는 익숙한 2046에 들어서자 편안했다. 장식장으로 쓰이는 선반에 노트북을 올려놓고 조명 조절기를 밝게 돌렸다. 구석에 놓여있던 둥근 의자를 들고 와 장식장 앞에 놓았다. 책상 대용으로 쓰기에는 장식장이 높은 듯했지만 상관없었다. 어차피 2046으로 왔으니까.

J는 영화 '2046'을 봤을 것인가. J와 부산국제영화제 폐막작인 '화양연화'를 본 4년 뒤, 개막작으로 '2046'이 선정

되었고 '화양연화'의 후속작인 '2046'에 차우 역을 맡은 양조위가 영화제에 초대되었다. J가 사라진 이유도 모른 채 방황하고 있을 때였다. 나는 양조위 극성팬이었던 J를 떠올리며 무턱대고 부산으로 향했다. 개막식 당일, 7시 38분에 양조위가 레드카펫을 지나갔다. 나는 어디선가 양조위를 바라보고 있을 J를 찾느라 양조위를 보지 못했다. 그날 결국 J를 만나지 못했다. 밤바다를 바라보며 서럽게 울어 버렸다. J가 원했던 것이 무엇이었는지 아직도 모른다. J는 '화양연화'에서 차우가 했던 것처럼 앙코르와트에 있는 어느 사원 구멍에 대고 자신의 비밀을 속삭일 거라고 했다. 같이 가자는 내 말에 혼자 가야 한다고 단호하게 말하던 J. 그렇게 J는 어느 날 갑자기 사라져 버렸다.

노트북을 펼쳤다. 언젠가 한번은 J에 대한 이야기를 글로 쓰고 싶었다. 이 방안에서는 J에 대한 이야기를 쓸 수 있을 것 같다. 영화 속 차우와 첸이 같이 있었던 차우의 좁은 방을 무대 세트로 옮겨다 놓은 듯이 그대로 재현한 2046에서는, 첸을 곁에 두고 자신이 쓰고 싶던 무협소설을 좁은 통로와 계단을 지나 자리한 호텔 2046호에서 차우가 쓸 수 있었던 것처럼, 나 역시 J의 이야기를 쓸 수 있을 것 같았다.

'화양연화'의 OST 중에서 '유메지의 테마'가 들려온다. 내가 2046으로 들어오고부터 계속해서 저 음악만 반복되고 있다. 첼로 현이 깊고 박력 있는 탱고풍으로 가슴에 턱턱 안 겨온다.

J가 미치도록 좋아했던 음악. 이 방에 J와 같이 있다면… J가 나에게 올 수 있다면…

노트북에서 커서가 깜빡거린다. 이 방안에서 차우처럼 글을 쓸 수 있을 줄 알았는데 나는 아무것도 쓰지 못하고 있다. 소설가가 되기를 꿈꾸었던 날이 있었으나 사라진 애인을 찾으러 갔던 바닷가에서 서럽게 울다 돌아온 그 해에 처음 선 본 여자와 결혼을 해 버린 후, 상실감 속에 묻어 두었던 그 꿈이 이 방에서 되살아났다. 이곳은 J를 떠올릴 수 있는 모든 것이 있다. 상호명인 '화양연화'와 2046이라는 번호를 달고 있는 좁은 방과 음악들… J가 미칠 듯이 좋아했던 음악이 흐르고 영화 속 공간과 흡사한 세트장인 이곳, 이방. J를 만지고 싶다.

허리를 뒤로 길게 늘였다. 등받이가 없는 의자에 앉아 노트북을 노려보고 있자니 뻐근했다. 화면은 여전히 커서만 깜빡이고 비어 있다. 침대에 누웠다. 넥타이를 잡아 빼고 와이셔츠 단추도 위로 두 개를 풀었다. 몸을 길게 늘이며 기지개를 켰다. 조명이 밝다 싶어서 조절기로 조명을 낮췄더니 한결 편안해졌다. 누워서 천장을 바라보자니 침대 위로 보이는 천장 중앙에 쇠기둥이 달려있었다. 침대

길이보다 짧은 두 개의 회색 봉이었다. 관리사들이 필요에 따라 중심을 잡기 위해 만들어진 듯 보였다. 조명이 낮은데도 회색 쇳빛이 눈을 아리게 했다. 그건 마치 옷을 걸기 위한 행거와 같은 모습이었다. 행거에서 빠져나오는 쇳빛에 눈알이 타는 듯했다. 나는 침대에 누워 쇠에서 뿜어 나오는 빛에 옴싹달싹 못 하고 굳어 갔다.

J… J의 옷방… 행거… 넥타이… J가 행거에 매달려 축 쳐져 있다.

나는 침대에서 굴러떨어졌다. 아니야, 아니야, 2046을 빠져나왔다.

*

차우를 연상시키는 단정한 옷매무새와 걸음걸이, 조용한 음색을 가진 손님이 와이셔츠는 풀어헤치고 흐트러진 모습으로 사색이 되어 가게를 나간 지 일주일이 지났다. 손님이 황망스럽게 빠져나간 2046에 들어가 봤다. 조명은 적당히 편안했고 장식장 위에 노트북이 펼쳐져 있었다. 침대 위에는 자켓이 구겨진 채 내동댕이쳐 있었다. 자켓도 걸치지 못하고 도망치듯 나가야 했던 이유가 무엇이든지간에 나는 손님이 차우처럼 글을 쓰고 싶어 한다는 것을 알아챘다. 나는 침대 위에 있는 자켓을 들어 보듬어 안았다. 차우가 2046에서 소설을 썼던 것처럼 손님도 2046에서 차우가 되고 싶어 하는 것이리라.

목요일이다. 손님은 이른 시간에 오기도 하고 늦은 시간에 오기도 했던 터라 언제 올지 모르지만 나는 기다렸다. 마치 차우를 기다리는 첸처럼. 시간은 더디고 길었다. 12시가 넘어 술 냄새를 풍기면서 손님이 가게 안으로 들어섰다. 평소와 다를 바 없는 모습이었다. 술은 과하지 않게 마셨는지 정중한 말투와 발음으로 말했다.

"2046에 혼자 있고 싶습니다."

"네, 그러세요. 노트북이랑 자켓은 룸 안에 그대로 놔뒀어요."

손님은 '감사합니다'는 말끝에 깊은 한숨을 뱉었다. 차우가 슬퍼한다. 차우의 슬픈 표정과 똑같다. 좁은 통로를 따라 차우가 2046으로 향한다. 차우의 등 위로 조명이 쪼개져 비춘다. 등이 위태롭게 흔들린다. 오늘은 손님이 많아서 룸이 다 찼다. 그러나 2046은 비워뒀다. 2046 안에 남아 있던 손님의 자켓과 노트북은 카운터에 가져다 두었다가 오늘 2046호로 옮겨다 놓은 것이다. 이제 2046호까지 모든 룸에 손님이 들어 있다. CD롬에 걸려 있는 '화양연화' OST를 빼내고 '2046' OST를 넣었다. 손님이 처음

오던 날, 남편의 무덤이 없어지고 남편의 얼굴이 잊혀진 것을 알게 된 날, 크게 틀어놓고 마음을 다스렸던 음악이다.

음악이 흐르는 사이로 흐느끼는 소리가 섞여들었다. 나는 룸에 가득 찬 손님들 중에서 2046에 있는 손님이 내는 소리임을 알아챘다. 나는 카운터에서 빠져나와 좁은 통로를 지나 2046으로 향했다. 나는 빨간 카펫이 깔린 통로를 지나면서 손님이 걸어가던 뒷모습을 떠올렸다. 영화 속 차우가 가로등 불빛을 받으며 걸어가는 모습과 흡사하던 손님의 등을 보며 차우로 믿고 싶었던 순간들. 2046 앞이다. 문을 조심스럽게 열어 안을 들여다보았다. 손님은 장식장 위에 있는 노트북에 고개를 숙이고 어깨를 들썩이며 소리 죽여 울고 있었다. 등이 보였다. 고독한 등. 차우의 등. 나는 2046안으로 들어섰다. 한 발 한 발 다가가 차우와 똑같이 생긴 손님의 흔들리는 등에 손을 얹었다. 그리고는 도닥도닥 다독였다. 손님은 어깨와 등을 심하게 들썩거리더니 울음을 토해냈다. 나는 계속 등을 다독였다.

"J… 너지. 너 맞지?"

"차우, 슬퍼하지 말아요."

"비밀… 아직도 말해줄 수 없니? 난 네가 왜 떠났는지 정말 모르겠어."

"차우…"

나는 한 걸음 뒤로 발을 뺐다. 차우는 여전히 등을 보이고 있다. 천천히 돌아서서 2046을 나왔다. 빨간 카펫을 지나 좁은 통로를 느리게 걸었다. "차우, 내게 자리가 있다면 내게로 올건가요?"라던 첸의 목소리가 내 입에서 나오고 있었다.

푸드 포르노그래피

밤사이 그는 새로운 음식의 레시피를 완성하고 연구한다. 주술사는 하얀 머릿수건을 쓰고 요리를 한다. 우리가 먹는 음식은 그의 주술에 의해 만들어졌다. 주술에 걸린 사람은 꼼짝없이 이 주술사의 손에서 빠져나올 수 없다.

푸드 포르노그래피

먹고 싶다. 참을 수 없는 식욕이 창자를 꼬이게 만들었다. 이 순간도 어느 순간이었던 순간처럼 반복될 것이라는 예감이 든다. 아마도…·

나는 '들'을 향해 차를 몰았다.

도심 외곽에 자리 잡은 식당 건물은 고립된 성채 같다. 단순한 직사각형으로 된 이층 건물은 주위에 다른 불빛이 없어 도드라져 보였다. 식당 입구 양쪽에 세워진 가스등에서 뿜어져 나오는 몽환적인 불빛은 어둠과 만나 새로운 색조를 만들어냈다. 매스컴에 자주 오르내리는 사진 속

풍경이다. '미식의 세계로 들어가는 통로'라는 제목으로 가스
등의 불빛을 오묘하게 담아낸 사진은 이 식당의 트레이드마
크가 되었다. 나에게조차 자리를 마련해 주지 않는 매니저와
전화로 툭탁거렸던 것이 오늘 낮의 일이다. 셰프의 지시대로
움직이는 것일 테지만 '들의 주술사'라는 닉네임을 갖게 해
준 나의 연락도 차단한 셰프로 인해 비위가 상한 것도 사실
이다.

　차안에 앉은 채 '들'을 바라본다. 식당 뒤로 질서 있게 세워
진 비닐하우스와 여러 가지 채소가 심어진 밭이 보인다. '들
의 주술사'로 불리는 셰프는 주방 안에서 음식을 만드는 것
과 식당 뒤에 있는 밭에서 작물을 재배하는 것 외에는 누구
와도 접촉을 하지 않고 있다. 비닐하우스에서 키우는 다양
한 허브 향이 '들'의 주변을 날아다닌다. 밭을 덮고 있는 흙
바닥에 검은 목련이 그림자를 드리웠다. 셰프가 바쁘게 움
직이고 있을 주방으로 시선을 두고 있자니 그를 처음 만났
던 때가 떠올랐다.

　'들'이 이름을 날리기 전에 나는 돈을 받고 맛집 광고 글을
올리는 블로거였다. 수 십 개의 아이디로 맛집 글을 올리고
식당에 찾아가 음식을 먹어보지 않고도 '좋아요'를 눌렀고 댓
글이나 광고성 글을 올리고 있었다. 식당 메뉴판이나 사장과

의 전화 통화만으로도 충분했다. 알바를 해서 번 돈으로 지하 셋방에서 살아가야 하는 구차한 살림이었다. 서른이 넘은 나이에 정규직도 여자도 없이 반지하 월세방에 사는 신세였다. 그러나 어느 순간부터 번 돈의 대부분을 식당 투어에 사용하였고 미각의 세계에 빠져들었다. 그런 때에 '들'을 알게 되었다. 블로그 서핑을 하다가 맛집 동아리에서 올린 '지상에서는 맛볼 수 없는 천국의 맛'이라는 과장되고 조잡한 후기가 눈에 띄었다. 그때의 나는 돈을 받고 올린 글인지 사심 없이 쓴 글인지 직감으로 알 수 있었다. 왠지 음식에 대한 순정함이 느껴졌다. '들'을 검색하고 바로 찾아갔다. 작은 팻말과도 같은 보라색 나무판에 '들'이라고 적혀 있었다. 테이블 세 개가 놓여 있는 아담한 식당이었고 단일 메뉴로 매달 다른 코스 메뉴가 정해졌다.

내가 갔을 때는 여름이어서 런치 메뉴로 시원한 토마토 치즈 크림과 토마토 가스파쵸, 검은 빵과 버터, 달팽이와 소떼를 곁들인 샐러드, 컬리 플라워 스프, 복숭아를 이용한 아이스크림이 나왔다. 나에게는 특별할 것 없는 메뉴인데다 비좁은 식당이 주는 갑갑함에 기분이 가라앉기 시작했다. 그러나 다른 곳보다 약간 무거운 포크와 나이프를 사용하여 음식을 입에 넣어 씹자마자 몸에 전해지는 느낌. 곁들어진 발사믹의 풍미. 나중에 알게 된 사실이지

만 발사믹은 무엇이든 치유하는 향유라는 뜻의 발삼balsam
이 어원이었다. 온몸으로 미묘한 파동이 퍼지는 것이 느껴
졌다. 어느 순간 나도 모르게 눈이 감겼다. 그릇을 싹 비우고
정신을 차려 보니 주방 안에서 나를 바라보고 있던 셰프와
눈이 마주쳤다. 그는 주방에 서서 그런 나를 꼼꼼하게 지켜
보고 있었다. 나는 얼굴이 벌겋게 상기되어 후끈거렸다. 직
원 없이 혼자서 요리하고 서빙까지 하는 셰프는 특이하게 주
방용 모자가 아닌 하얀 머릿수건을 쓰고 있었다. 나는 자리
에서 일어설 생각도 못하고 그렇게 한참을 앉아 있었다.

　그 후 나는 '들'을 자주 찾았다. 집하고는 먼 거리였지만
'들'에서 음식을 먹을 수밖에 없었다. 나는 그러니까 '들'에서
행복했다. 단순한 쾌락이 편안했다. 입안에 음식을 가득 넣
었을 때의 포만감과 평화로움이라니…. 발삼, 치유의 향유
에 중독된 것이다. 나중에 셰프에게서 듣게 된 이야기지만
내가 음식을 먹으면서 여러 차례 탄성을 내질렀다고 한다.

　꽃 지린내가 진동했다. 검은 목련의 꽃무더기가 죽어 가
는 냄새였다. '들'은 저녁 시간이 지났는데도 손님이 가득했
다. 이층 건물 중 일층만 식당으로 사용하고 이층은 셰프가
주거 용도로 쓰고 있다. 입소문을 타면서 이층까지 식당으로
트라는 말을 숱하게 들었지만 셰프는 음식 재료와 준비 과정

때문에 하루에 만들어 낼 수 있는 양이 한정 되어 있어서 일 층으로 충분하다는 입장을 밝혔다고 매니저가 말했다. 매니저의 고른 잇새가 떠올랐다. 말을 할 때마다 입술 사이로 비치는 치열이 화사했다. 선하게 생긴 얼굴에 적당히 마른 체격과 큰 키로 인해 수트가 잘 어울리는 남자였다. 셰프와 내가 면접을 같이 봤는데 경력도 충분했고 고른 치열로 인해 웃을 때 만들어지는 입술선이 우아한 젊은 친구였다. 그때는 셰프와 내가 흡족한 시선을 교환하며 채용한 매니저가 나를 따돌릴 거라는 생각은 하지 못했다. '들'의 모든 공식적인 일은 물론 정치인이나 연예인들이 와도 셰프는 주방에서 나오지 않았고 매니저가 인사를 하고 접대했다. 잡지에 실린 사진에도 매니저가 나왔고 텔레비전에 나오는 '들'에 대한 기사와 인터뷰 역시 매니저가 도맡아 했기 때문에 매니저가 사장인 줄 아는 고객들도 있었다. 여자들은 잘생긴 매니저에 열광했고 '들'이 미슐랭 가이드 평점을 받은 후에는 예약 없이는 자리를 잡을 수 없는 명소가 되었다.

셰프가 주방에서 나오는 시간까지 차 안에서 기다릴지 안으로 들어갈지 고심하기 시작하다 이층을 바라보는 순간 마음을 정했다. 폐점 시간이 열 시니까 한 시간 남았다.

정상적인 출입이라면 일층 카운터에서 홀을 지나 가장 안쪽에 있는 계단을 통해서 이층에 올라가야 하지만 셰프가 나를 피하고 있는 이상 호의적인 만남은 어렵다는 것을 알고 있다.

나는 차 문을 열었다. 왼쪽 발을 먼저 차 밖으로 내밀고 몸을 틀어 왼편으로 돌린 다음 오른발을 손으로 들어 바닥에 놓았다. 핸들과 거의 맞닿은 배가 출렁이며 왼쪽으로 쏠렸다. 몸을 빼내고 차문을 닫는 것만으로 숨이 차다. 밭에 판화처럼 찍혀 있는 검은 목련 그림자가 눈에 들어오자마자 꽃지린내가 훅 끼친다. 손으로 코끝을 훔치며 이층을 올려다보았다. 환하게 불이 밝혀져 있다. 영업시간에는 이층에도 불을 켜 놓는다는 것을 알고 있다. '들'에 관한 기사와 인터뷰와 칼럼의 시작은 나였고 거기에 실렸던 모든 내용들이 인터넷을 통해서 공유되었다.

'들의 주술사'는 자신이 살고 있는 이층에 항상 불을 밝혀 둔다. 일층에서 사람들이 음식을 먹고 있는 동안 이층 주술사의 집에서는 어떤 마법이 펼쳐지고 있는지도 모른다. 일층에 불이 꺼지고 주술사가 이층에 돌아오는 순간, 이층 불은 꺼지고 주술사의 전용 램프가 켜지면서 '들'은 새로운 주술에 걸린다. 밤사이 그는 새로운 음식의 레시피를 완성하고 연구한다. 주술사는 하얀 머릿수건을 쓰고 요리를 한다. 우리가 먹는 음식은 그의 주술에 의해 만들어졌다. 주술에 걸린 사람은 꼼짝없이 주술사의 손에서 빠져나올 수 없다.

'들'에 관한 글을 쓰면서 나는 맛 칼럼리스트가 되었다. 사람들은 나를 일컬어 주술사의 맛을 대변하는 커플로 거론하기를 좋아했다. 테이블이 세 개 놓여 있는 식당에서 처음 그의 음식을 먹은 후부터 시작된 글쓰기가 인터넷을 통해 젊은 층에서부터 붐을 일으키더니 명성 있는 잡지와 신문사에서 청탁이 들어왔다. 셰프는 고객들이 자신의 요리에 집중하며 맛을 음미하길 원했기 때문에 사진 찍는 것을 허용하지 않았다. 셰프는 유일하게 나에게만 권한을 주었고 '들'의 음식과 공간은 나의 프레임으로 사람들에게 공유되었다. 덕분에 나는 수많은 팔로어를 거느리게 되었다. '들'에 대한 주술적 이미지는 사람들을 열광케 했다. 테이블 세 개밖에 없는 식당에 들어가기 위해 선 줄이 점점 길어졌다. 혼자서 감당하기 힘든 그를 도와 식당일을 거들기 시작했다. 그는 사람을 쓰는 것을 원치 않았다. 그때 그와 함께 포즈를 잡고 잡지에 실린 사진 속의 나는 날

렵한 몸을 하고 있었다.

'들'의 입구에 세워진 가스등 불빛은 고요히 주변으로 스미고 있다. 가스등의 몸체는 주름을 잡아 놓은 듯한 세로 물결로 조각이 되어 있고 램프 바로 밑의 받침대는 황금색을 띠며 나선으로 휘어져 램프를 감싸고 있다. 셰프가 살고 있는 이층에도 똑같은 모양의 램프가 거실 네 귀퉁이에 있다. 도시와 떨어진 이곳에서 가스등이 내뿜는 불빛은 달콤하면서도 슬프다. 가스등은 셰프의 제안이었고 가스등으로 인해 지속될 불필요한 지출을 운운하며 반대하던 나로서도 가스등에 불이 들어오는 순간 말을 잃었다. '들'을 '들'이게 해 줄 상징물로서 기여를 했다는 것을 인정할 수밖에 없었다.

가스등을 지나 건물 뒤편으로 갔다. 셰프가 재배하는 하우스 작물들과 밭이 펼쳐졌다. 이층 발코니를 통해 안으로 들어가기 위한 뭔가를 찾아야 했다. 비닐하우스로 발걸음을 딛자 흙바닥에 깔려 있던 검은 목련 그림자가 일그러졌다. 세 동의 비닐하우스 중 마지막 하우스에 허드레 물건들을 모아 놓은 것이 보였다. 철제 사다리 짧은 것과 목제 사다리 긴 것이 있었다.

목제 사다리를 들고 건물까지 가는 동안 몇 번을 쉬어야 했다. 땀이 나고 호흡이 가빴다. 이층 발코니에 맞춰 사다리를 벽에 세웠다. 발코니까지 사다리가 완전히 닿는 것은 아니지만 넘어갈 수 있을 정도로 보였다. 발코니는 정면과 달리 단순해 보였다. '들'의 입구는 가스등을 사이에 두고 이층 발코니가 우아한 곡선을 이루며 반달 모양으로 돌출되어 있고 화분에 심은 갖가지 꽃들은 가스등의 빛을 받아 유화 한 점을 보는 듯한 착각을 일으켰다. 사다리를 타고 오르는 발이 무거웠다. 왼발에 무게가 실릴 때면 왼쪽으로 사다리가 기우는 것 같고, 오른발에 무게가 실릴 때면 오른쪽으로 사다리가 기우는 것 같았다. 오른발은 아래, 왼발은 위에 걸쳐 논 상태에서 목으로 흐르는 땀을 닦아 내자니 세 겹으로 접힌 목살이 물큰 잡혔다. 이제 세 계단만 올라가면 되는데 중심을 잡기가 쉽지 않다. 사다리보다 양옆으로 한참 더 튀어나온 몸피에 눌린 사다리가 버텨 줄지도 의심스럽다. 정신을 집중하여 한 계단 올라간다. 발을 바꿔 또 한 계단 올라간다. 땀이 눈으로 들어가 따갑지만 사다리를 잡은 손을 놓을 수가 없다. 이제 한 계단만 올라가면 되는데 팔이 부들거린다.

*

주문이 쉴 새 없이 밀려든다. 주방 직원들이 바쁘게 움직이지만 홀로 나가기 전 모든 음식은 내 손을 거쳐야 하므로 시간이 더디다. 오픈 초기에는 항의하는 손님들이 있었으나 지금은 음식이 늦게 나와도 항의하는 사람은 없다. '들'에 오는 손님들은 다른 식당보다 음식이 늦게 나온다는 것을 알고 온다. J⋯ J가 쓴 글을 보고 알게 된 사람들이 또 다른 사람에게 전하면서 퍼져 나간 탓이다. 매니저는 J가 계속 전화를 해대고 오늘은 무슨 일이 있어도 만나야겠다고 엄포를 놓았다고 전했다. '들'은 J와 함께 만든 공간이다. 공사를 시작할 때부터 직원 채용에 이르기까지 J가 관여하지 않은 데가 없다.

처음 그를 만났을 때 J는 완벽한 J였다.

J의 황량하고 푸석푸석한 얼굴, 구겨져 주름 잡힌 셔츠에 감싸인 깡마른 몸, 세심한 콧잔등과 입술 선이 뚜렷한 입, J의 입은 말하지 않고 음식의 맛을 표현하는 그런 입이었다. 가스파쵸를 한입 먹고 터져 나온 탄성⋯ 올리브 오일과 발사믹을 입 안에서 굴리며 음미하던 혀의 움직임⋯ 서서히 번지는 미소를 따라 올라가는 입술선⋯ 입가에 묻는 검은빵 가루를 혀로 핥아 낼 때의 신중함⋯ 음식을 먹고 있는 정지된 한 장면 속에 그의 삶을 통째로 투시하는 느낌⋯.

J는 매일 찾아왔다. 열 살 넘게 차이가 나서 어정쩡하게 부르던 호칭도 형으로 바뀌었고 식당 일도 도와주곤 했다.

형, 왜 혼자야?

J는 피식 웃고 마는 내 팔을 잡아 흔들며 눈을 맞추었다.

돌싱?

J는 기어이 펜을 내 손에 쥐어 주었다.

나는 주문 내역을 적는 노트 뒷면에 혼자가 편하다고 썼다.

에이, 진짜? 그래도 여자가 있으면 좋잖아.

J는 말에 굶주린 사람처럼 쏟아 냈다. 가끔 J가 들이미는 종이 위에 글자를 쓰기는 했지만 J의 말에 동의를 표하는 정도의 짧은 대답일 경우가 많았다. J는 뜬금없이 질문을 던졌다.

형, 언제부터 말을 못하게 됐어?

형, 왜 모자가 아닌 머릿수건을 쓰게 된 건데?

나는 J의 질문에 답을 해주지 못했다. 글로 어떻게 써야 할지 몰랐다. 머릿속에 각인된 장면들로 남아 있는 그런 것들이 과연 글로 표현될 수 있을까. 기습적인 질문으로 떠오른 오래전 환각과도 같은 그날에 대해서.

잠에 취한 상태로 화장실에 가던 어느 날 밤, 아버지의 서재에서 말소리가 들렸다. 어머니는 무슨 일인지 여러 날 집을 비우고 있었고 아버지는 술에 취해 잠이 드는 날이 계속되는 불안하고 뒤숭숭한 그런 날들이었다. 잠결에도 아버지가 걱정이 되었는지 방문을 열어보았다. 잠결인데다 방안에 불이 꺼져 있어서 형체를 알아보기 힘들었지만 덩어리진 실루엣이 움직이는 것이 보이기 시작했다. 잠이 달아나고 어둠이 눈에 익자 움직이는 형체가 보였다. 벽면에 있는 책장에 기대어 등을 돌리고 서 있는 사람… 등이 움직이고 허리가 움직이고 엉덩이가 움직였다. 반복적인 움직임은 책장에 꽂혀 있는 책을 들썩이게 했다. 창문으로 스미는 가로등 불빛과 어둠에 익숙해진 눈에 또 다른 사람이 보였다. 등을 보이고 서있는 사람 앞에 등을 보이며 서 있는 또 다른 사람이 있었다. 두 사람이 맞잡은 손이 포개져서 책장을 할퀴었다. 두 사람의 호흡은 거칠어져 새어 나오는 신음을 틀어막은 듯한 억눌린 소리들이 방 안을 달궜다. 자제된 낮은 신음과 탄식이 길게 이어졌다. 앞에 있던 사람이 뒤에 서 있는 사람 쪽으로 몸을 돌렸다. 두 사람은 긴 입맞춤을 했다. 흐느낌이 터졌다. 널… 사랑해… 아버지의 목소리였다. 흐느끼는 아버지를 껴안고 등을 어루만지는 사람은 머리에 하얀 수건을 쓰고 있었다. 하얀 수건은 너울거리며 아버지의 입에, 코에, 눈에 입 맞췄다. 그리고 울음 섞인 목소리로 사랑한다고 했다. 아버지 친구 목소리였다.

어머니는 며칠 후에 집에 돌아왔고 짐을 싸서 외갓집으로 갔다. 어머니는 아버지뿐 아니라 나와도 살기를 원치 않았기에 부모님이 이혼한 뒤부터 나는 아버지와 살았다. 가끔 아버지의 친구가 집에서 자고 갔다. 그럴 때면 안방 침대 위에 하얀 수건이 있었다. 나는 말하지 않는 아이가 되어 고등학교에 진학했다. 처음에는 말을 하지 않기로 선택한 것이었다. 나는 스스로 말을 하지 않으려고 선택한 것이기에 말을 할 때가 오면 말을 할 생각이었다. 그러나 내가 말을 해야 할 때, 꼭 그 말을 해야 할 때가 왔을 때 나는, 목소리가 나오지 나왔다.

J가 말하는 것이 좋았다. J의 입을 바라보며 듣는 것이 내 일이었다. J의 입은 무언가를 먹을 때 가장 매력적이다. 내가 만들어 준 음식을 먹을 때 J의 입에서는 음… 음… 음… 듣기 좋은 감탄사가 튀어 나왔고 살며시 감은 눈은 바르르 떨렸다. J처럼 우아하게 입을 움직이는 사람을 본 적이 없었다. 입술 선이 또렷한 윗입술은 그대로 두고 가늘고 섬세한 아랫입술을 벌려 음식을 넣고 자분하게 씹을 때 입술에 세로줄이 주름처럼 모아졌다 펴졌다 하며 요술 주머니처럼 움직인다. 게다가 J는 몸으로 음식을 느낀다. 내가 J를 처음 본 날부터 한결같다. 나는 그런 J를 보고 싶어 새로운 레시피 개발을 핑계 삼아 음식을 만들

어 줬다. J는 자연적이고 단순한 재료로 풍미를 이끌어낸 요리를 좋아했다. 퍼석했던 얼굴에 윤이 나기 시작했다. 깡마른 몸에 보기 좋게 살이 올라 귀티가 났다. 식당을 찾은 여자 손님들이 흘깃거리며 J를 훔쳐보기도 하고, J는 그 중의 한 여자와 사귀기도 했었다.

J가 데이트를 마치고 '들'로 다시 온다는 메시지를 보내온 날이었다. J는 열두 시가 넘은 시간에 휘청거리며 '들'로 들어섰다. 술 냄새가 풍겼다. 술이 분해가 안 되는 체질이라 술을 마시지 않는 J였다.

형, 오늘 기사 봤지. 형도 좋지?

나는 고개를 끄덕이며 J를 부축해 의자에 앉혔다.

나, 잡지사에서 고정으로 칼럼을 써 달라네. 오늘 계약금까지 받았어. 너무 기분 좋아. 근데 나 이상해. 음식에 대한 글을 쓰는데 형이 만들어준 음식만 머릿속에 가득해. 먹고만 싶고, 먹을 때 그 느낌을 잊을 수가 없어.

나는 J의 어깨를 다독였다.

J는 충혈된 눈으로 내 손을 잡았다.

형, 나를 위해서 음식을 만들어줘… 지금…

J의 손이 떨리고 있었다. 나는 J와 함께 미슈 반죽을 하며 거친 호밀의 감촉 사이에 스치는 J의 손가락을 느꼈던 어떤 날을 기억했다. 호밀을 돌로 갈아야 미슈 특유의 식감을 느

낄 수 있는데 J는 특히 입천장이 까지듯이 겉이 딱딱한 미슈를 좋아했다. 호밀을 갈고 있는 나에게 J는 자신도 해보겠다며 돌을 낚아챘다. J는 호밀이 돌 옆으로 빠져나가기만 하고 갈리지 않자 어깨를 으쓱거리며 나를 쳐다봤다. 나는 돌을 잡고 있는 J의 손을 감싸 천천히 호밀을 갈았다. 거친 호밀 가루를 얻기 위해서는 부드러운 손길이 필요했다. J는 갈려 나오는 호밀을 보며 환호를 질렀고 나는 J의 손을 계속 감싸고 있었다. 거칠게 간 호밀에 소금과 물을 넣고 반죽을 했다. 내가 바깥쪽에서 안쪽으로 크게 반죽을 모아 오면 J가 안쪽에서 반죽을 주물렀다. 반죽 가운데서 J와 손이 스쳤다. 촉촉하면서도 거친 반죽 속에서 J의 감촉만 남았다.

J는 그렇게 아무 때나 '들'에 와서 자신만을 위해 음식을 만들어 달라고 했고 나는 그렇게 했다. 가끔은 검고 커다란 미슈를 뜯어 먹으며 영화를 같이 보기도 했다. 이스트 없이 자연 발효시킨 미슈와 발사믹 향이 꽉 찬 세 개의 테이블이 있는 식당. 미슈의 겉껍질이 부서져 떨어지며 날리는 가루, 발사믹이 묻어 촉촉한 J의 입술, 나의 낙원. J는 여자와 헤어진 날에도 음식을 만들어 달라고 했다. 나는 음식을 먹으면서 웃다가 울다가 쓸쓸하기도 하고 이상한 열정이 배인 그런 식사 과정을 지켜봤다.

형, 나… 형이 만든 음식 먹을 때만 행복해.

나는 입을 조금 움직였다.

J…

J는 먹는 것을 멈추고 내 입을 바라보았다.

J… 널…

J는 다시 먹는 것에 집중했다.

'들'이 도심 외곽에 있는 건물로 옮긴 지 칠 개월이 되었을 때 미슐랭 스타를 받았다. 나는 사람들이 나에게 관심을 갖는 것도 사진을 찍어대는 것도 싫었다. 주방으로 숨었다. J가 나를 대신해 인터뷰를 했다.

'들'은 복수형으로 우리가 흔히들 쓰지요. 여러분들, 그녀들, 우리들, 모두들 같이 '들'을 갖다 붙이면 다 말이 됩니다. 즉 모든 사람과 사물을 뜻합니다. 들녘을 나타내는 자연물이기도 하지요. 여러분들, 들에서, 음식들을 먹어볼까요.

J는 살이 찌면서 사람들을 능란하게 다루었다. 살이 붙으면서 없던 소질까지 생겨난 것인지, 원래 소질이 있었는데 그동안 자신도 몰랐던 것인지 모르겠다. 게다가 글로 사람의 마음을 움직이는 능력이 있었다. '들의 주술사', '하얀 머릿수건의 마법사', '침묵의 요리학자'라는 수사로 나를 포장하여 사람들로 하여금 신비감을 느끼게 만들어 특종을 노리는 기

자나 언론을 상대로 나의 인생을 멋대로 조작하여 떠들었다.

인터뷰가 있던 날 J는 영업이 끝날 때까지 '들'에 머물러 있었다. 직원들도 퇴근하고 일층에 불을 꺼야 하는데 J가 내 손을 끌었다.

형, 나만을 위해서 음식을 만들어 주면 안 될까. 내 몸이 형 음식만을 원해

나는 J를 오래 바라보았다. 기름진 얼굴에 턱 선이 무너져 목살이 세 겹으로 접히고 몸집이 불어 배가 불룩하게 나온 중년으로 보이는 사내가 서 있었다. J의 입… 감미로운 J의 입은 사라졌다. 그가 입을 열면 좀 전에 먹은 음식 냄새가 올라 왔다.

나는 하루 종일 있었던 주방으로 다시 들어갔다. J도 따라 들어왔다. 나는 테이블 세 개가 놓여 있던 식당에서 J만을 위한 음식을 만들며 개발한 레시피 중의 하나인 타임 비네그레트가 어우러진 관자구이와 아스파라가스 퓌레, J가 좋아하는 오미자청과 발사믹을 이용한 드레싱을 곁들인 샐러드를 준비했다. 관자 위에 올릴 드레싱을 먼저 만들었다. 타임, 오일, 소금, 후추, 허브, 식초를 넣은 타임 비네그레트를 볼에 섞어 놓았다. 돌절구에 소금을 갈고 허브를 손으로 뚝뚝 잘라 성기게 갈았다. 도톰한 관

자에 간 소금과 허브를 뿌리고 팬에 올리브 오일을 둘렀다. 달궈진 팬에 관자를 올려놓자 지글거리는 소리와 함께 연기가 올랐다. J는 프라이팬 앞으로 바짝 다가왔다.

J는 음식 앞에서 눈이 뒤집혔다. 포크를 집는 짧은 몇 초간의 기다림이 그의 살을 떨게 만들었고 입에서 침이 주룩 흘렀다. 음식을 씹을 때마다 우아하게 세로로 펴지고 오므라들던 입술 주름은 사라지고 없었다. J의 입은 우적거리며 음식을 퍼 넣었다. 주방 안은 J가 음식을 씹어 먹는 소리와 거친 숨소리만이 들렸다. 갑자기 J가 사래가 들렸는지 캑캑거리며 비틀린 목소리를 냈다.

형, 나, 행복해

J가 행복하다고 말하는 순간 그는 행복을 잃었다. 나는 더이상 J를 위한 음식을 만들지 않기로 했다. J를 잃어버리기로 했다.

*

J는 땀에 젖은 몸을 털며 이층 발코니에 발을 디뎠다. 안으로 들어가는 문은 잠겨 있었다. 바닥에 놓여 있는 화분을 들어 유리문 걸쇠 부분에 대고 내리쳤다. 유리가 깨지면서 작은 구멍이 생겼다. J는 날카롭게 깨진 유리 사이로 손을 넣

어 걸쇠를 풀었다. 걸쇠를 내리느라 손목에 힘을 주는 순간 유리에 닿는 팔뚝에 핏빛 선이 그어졌다. 천천히 팔을 꺼내고 길게 베인 상처에 돋은 피를 혀로 핥았다. 거실로 들어서니 네 귀퉁이에서 나오는 램프의 불빛이 노을처럼 퍼져 있었다. J는 소파에 털썩 앉았다. 육중한 몸이 닿자 소파가 깊숙이 내려앉았다. J는 양 손가락을 맞닿게 해서 반복적으로 부딪히며 생각에 잠겼다. 튜브처럼 겹쳐진 배가 숨을 쉴 때마다 오르내렸다.

이층은 건축사무소에 의뢰해서 설계를 할 때부터 셰프가 직접 건축사와 대면하여 자기만의 공간에 대한 상의를 했고 J는 이층에 대해서는 관여하지 못했다. 그동안 '들'에 대한 기사를 숱하게 썼고 '들'에서 만들어진 요리를 찍을 수 있는 특권과 함께 셰프의 공간에 들어갈 수 있는 유일한 사람이었지만 셰프는 J에게 일층과, 이층 거실까지만 허용했다. 지금은 매니저가 유일한 사람이 되었다. J는 몸을 일으켜 세우며 얕은 한숨을 내쉬었다. 발코니를 기어 올라오느라 진이 빠졌는지 입이 마른다. J에게 '들' 출입이 금지되면서 일층에도 못 들어간 지 한 달이 되어간다. '들'에서 음식을 먹기는커녕 입구에서 직원들에 의해 저지당했다. 셰프의 강력한 명령이란다.

J는 허기를 채우기 위해 다른 맛집을 순례하고서는 돌

아와 '들'앞을 서성였다. 셰프의 스테이크에서 나던 세이지향
과 육즙의 부드러움이 혀끝에서 맴돌았다. 달궈진 팬에 스테
이크를 내려놓을 때 지지직거리는 소리가 들리고 연기가 눈
앞에 보였다. 셰프는 스테이크를 구울 때 밭에서 뜯어온 세
이지를 줄기째 쥐고는 고기의 앞뒷면을 구우면서 번갈아 두
드리듯 쓸어 주고 팬의 둘레를 따라 세이지 향을 묻혔다. 다
구워진 스테이크는 두껍게 어슷 썰어 접시에 담고 팬에 남아
있는 육즙에 올리브 오일을 섞어 스테이크 위에 뿌렸다. 스
테이크 속살에 육즙이 스며드는 순간 독특한 향이 나는데 어
디에서도 그 향을 찾을 수 없었다. 입안에 침이 가득하다. 허
기를 면했는데 허기가 채워지지 않았다. 끝없는 허기감은 몸
을 더 살찌게 했다. J는 셰프가 자신을 위해 만들어준 음식만
먹을 수 있다면 악마에게 영혼이라도 팔 수 있다고 생각하며
두리번거렸다.

　안방으로 보이는 방문을 여니 침실이었다. 맞은편에 있는
방은 서재였는데 창문이 있는 벽면을 빼고 삼면이 책장으로
둘러싸여 있었다. 요리에 관련된 책 외에도 문학 서적은 물
론 생명 과학, 서양 의학, 한의학, 인류학, 세계 문화, 식물학
에 이르기까지 다양한 장르의 책들이 빼곡했다. 마호가니 엔
틱 책상은 무거운 존재감을 과시하며 중앙에 자리를 잡고 있
었다. 두 개의 방을 끼고 복도식으로 연결된 통로를 걸어 나

오면 거실이 보이고 거실에서 우측에 주방문이 보였다, 오픈식 주방이 유행인 추세이고 '들' 역시 오픈 주방인 걸 감안하면 주방에 문까지 달아 놓고 크게 만든 것은 이곳에서 레시피 개발을 하는 것이 틀림없다. 거실에 앉아 커다란 주방문만 보고 상상력을 발휘해 기사를 쓰면서도 셰프의 주방이 늘 궁금했었다. 전체 면적으로 봤을 때 침실과 서재와 거실을 합친 크기만큼의 주방일 것이었다.

서재에 있던 마호가니 책상과 같은 색상의 커다란 미닫이문 앞으로 다가갔다. J는 갑자기 속이 쓰렸다. 허기의 순간에 동반되는 속쓰림처럼 통증이 찾아오곤 했다. J는 손으로 배를 누르고 문에 기대앉았다. 10시가 거의 되었다. J가 원하는 것은 오직 셰프가 만들어준 음식, 그것을 먹는 것뿐이다. 저 주방에서 셰프가 만든 요리를 먹을 수만 있다면… 셰프의 음식들을 떠올리는 것만으로 흥분되었다. J는 협박을 하든, 마지막이라고 애걸을 하든, 먹고야 말리라 다짐하며 입맛을 다셨다.

현관에 불이 들어왔다. J는 자기도 모르게 소파 뒤로 몸을 숨겼다. 하얀 수건이 불빛에 빛났다. 침실로 들어가는 셰프의 익숙한 뒷모습을 보니 서러움이 밀려왔다. 샤워를 하는지 물소리가 들렸다. 셰프를 만나기 위해 작정하고 숨어들었는데 또 숨어 버린 이상 언제쯤 모습을 내놓아야 하는지 가늠할 수가 없다. 셰프가 방에서 나왔다. 알몸으로 나온 셰프의 몸보다 하얀 수건을 쓰지 않아 드러난 머리카락에 눈이 갔다. 귀밑으로 흘러내린 셰프의 고슬한 머리카락을 보는 순간 내장이 꿈틀댔다. 네 귀퉁이에서 모아지는 불빛은 셰프의 발가벗은 몸에 부드럽게 가 닿았다. 주변의 모든 것이 셰프에게로 향하는 느낌, 고요했다. J는 셰프의 벗은 몸을 보면서 속쓰림을 잊었다. 몸이 빛났다. 주방으로 향하는 셰프의 등과 허리와 엉덩이를 눈으로 따라가며 J는 소파 뒤에서 일어섰다.

셰프는 완고하게 닫혀 있던 주방문을 열고 안으로 들어갔다. 주방 벽 사면은 거무튀튀하고 잔 흠집이 난 나무통들이 꽉 채워져 있었고 하나같이 가운데에 새하얀 면포를 덮어 놨다. 셰프는 주방 가운데 길게 놓인 식탁을 지나 굵은 나무로 만든 선반에 있는 동그란 나무통에 다가가 냄새를 맡았다. 면포를 걷어 내니 거품을 일으키며 숨을 쉬는 발사믹이 모습을 드러냈다. 셰프는 벗나무로 만든 국자로 발사믹을 떠서 와인을 음미하듯 코를 갖다 댔다. 국자에 입에 대고 입술을 축이더니 남은 발사믹을 손에 따르고 몸에 뿌렸다. 가슴에서 흘러내린 발사믹은 배를 지나 다리로 흘렀다. 눈을 감은 셰프는 감미로운 도취 상태였다. 셰프는 J가 등 뒤에 서 있다는 것을 알아채지 못했다. 셰프의 몸을 타고 흐르는 숙성된 발사믹의 향기에 J는 잊고 있던 속쓰림이 시작되었다. J는 등을 보이고 서있는 셰프에게 다가갔다. 셰프의 등에 발 사믹 방울이 맺혀 있다가 굴러 떨어졌다. J는 입맛을 다시며 입술을 축였다. J는 늘어진 볼 살을 실룩이며 중얼거렸다.

나를 위해 음식을 만들어 줘, 제발.

스키니와
와일드 팬츠 사이

너는 그녀의 솔랑이 되기로 했다. 가르마가

오른쪽이었던 너는 솔랑처럼 왼쪽 가르마로

바꾸고 단정하게 빗어 넘긴 머리 스타일

로 바꿨다. 복고와 스키니가 공존하는 유행

기였지만 대부분 이마를 앞머리로 가린 스

타일이었기 때문에 너처럼 복고풍 머리스

타일을 한 젊은이는 드물었다

스키니와 와일드 팬츠 사이

모든 오물은 오물이 되기 전에 저마다의 형상을 가지고 있었다.

너는 부패한 음식 사이에 널브러져 있다. 불결한 냄새가 공간을 잡아먹고 있는 것을 너는 느낀다. TV에서 흘러나오는 푸른 불빛이 너의 몸속에 스며든다. 너는 바지 단에 피어 있는 곰팡이를 발견한다. 문드러져 형체가 사라진 채소이거나 혹은 과일이었을 액체가 묻은 자리였다. 먹을 만한 형체를 갖춘 것은 이제 없다. 본 모습을 잃어버린 사물들은 먹빛으로 녹아 내려 바닥에 납작 엎드려있다. 너는 열려있는 냉장고를 바라본다. 냉장고 안에 있던 식재료는 바닥에 뒹굴고 있거나 허물어지고 있다. 냉장고는 작은 동굴처럼 어둡다.

너는 허파에 냄새가 차도록 숨을 들이 마신다. 파스타를 만들기 위해 샀던 재료들이 하나씩 냄새를 풍기기 시작했다. 제일 먼저 흙빛으로 변해간 것은 양송이 버섯이었다. 대머리에 검버섯이 피듯 서서히 머리 부분에서 시작된 얼룩들은 갑자기 썩어 문드러진 액체로 내려앉았다. 너는 음식에서 오물로 변해버린 양송이버섯이 조금이라도 형체가 남아있기를 바라면서 걸쭉한 액체에 손을 넣어 더듬거렸다. 형체를 잃고 자기 본래 모습이 사라진 자리, 너는 오물과 쓰레기 속에서 뒹구는 너를 바라본다.

문이 삐걱대는 소리가 났다. 너는 숨을 멈추고 현관문을 바라본다. 다시 삐걱대는 문. 문을 고정시키는 경첩에 나사가 빠져있다. 너는 문에서 빼낸 나사가 싱크대 서랍 안에 있다는 것을 안다. 나사를 뺀 것은 다름 아닌 너였으니까. 나사하나를 빼냈을 때는 바람이 스칠 때마다 소리를 내었고, 두개를 빼냈을 때는 밖에서 나는 조그만 기척에도 기이익거리는 소리를 내며 삐걱거리더니 어느 날 부터는 솔랑, 솔랑 소리를 냈다.

너는 그 소리와 함께 솔랑이 되었다. 너는 누군가 그 문을 열고 들어오는 기척을 기민하게 알아채기 위해서 어그러뜨려 놓은 것이다. 외출할 때는 아귀가 맞지 않는 문을 들어 올려 위치를 맞춘 다음에 잠가야 했지만 너는 옥탑방을 나가지 않은지 오래다.

*

그녀의 목소리가 들린다.

그녀는 애인과 함께 너를 자주 찾았다. 그들은 주로 네가 근무하는 저녁 시간에 왔기에 너는 매번 그들의 주문을 받았다. 그녀는 크레마가 오래 지속되는 투샷 에스프레소, 남자는 카푸치노. 아이스가 대세인 여름을 제외하곤 거의 같은 메뉴였다. 그런 여름이었다. 메뉴가 달라지고 어제의 그것이 오늘은 다른 그것이 되어 버리는 그런 무더위. 달라지지 않는 것이 있다면 더운 여름 날씨에도 불구하고 마른 사람이나 비만인 사람이나 할 것 없이 몸에 쫙 붙는 스키니를 입고 다닌다는 것이다. 스키니는 제법 유행이 오래 갔다.

그녀는 평소와 달리 상기된 얼굴로 남자가 주문을 하고 있는 옆에서 자신의 목소리가 커지는 것도 모른 채 영화에 나온 주인공 남자 이야기에 열이 올라 있었다.

그니까… 솔랄, 너무 멋지지? 그니까… 여자도 예쁘고, 그런 극한의 사랑이라니, 격정적인 사랑… 너무 멋지지 않아? 솔랄 표정 봤지? 그 무표정… 그니까… 아 생각만 해도 설렌다. 자기, 이제부터 솔랄 해라. 솔랄… 솔랄…

너는 몸의 반쪽이 마비되는 느낌이었다. 그녀의 고른 치아와 양 볼에 패이는 보조개가 남자를 향해 웃었다. 남자는 그녀가 예뻐 죽겠는지 뺨을 쓰다듬었다. 그녀의 보조개를 보는 순간 네가 알고 있던 그 애라는 것을 확신했다. 주문을 마친 남자의 팔짱을 끼고 자리로 가는 그녀의 다리는 스키니로 인해 더 길어 보였다. 블루 스키니를 보며 너는 너도 모르게 '솔랄…'하고 소리를 내었지. 남자가 너를 돌아다보았던 것을 너는 기억한다.

또한 그녀가 남자 없이 친구들과 오는 날이면 조각케이크를 세 조각이나 먹어치우고 가끔은 스트로베리 초콜릿 생크림 케이크 하나를 다 먹어 치운다는 것도 기억했다. 그리고 드물게는 달디 단 케이크 하나를 통째로 먹으면서 왁자하게 욕이 섞인 말들이 오가며 호구 잡았다는 말을 그녀가 했던 것도, 그녀가 남자와 있을 때는 음식에 입을 대지 않았다는 것도 기억해 냈다.

너는 그녀가 자신의 애인을 솔랄로 부르기로 한 날, 쓰레기봉투를 버리러 나갔다가 밖에서 통화하고 있는 남자의 목소리를 의도치 않게 듣게 되었고, 사실은 의도적인 접근이었지만 너는 스스로에게 쓰레기를 버릴 시간이어서 나간 거라

믿고 있었다. 그 남자는 부인에게 회식이 있어 늦는다는 보고를 하고 있었다.

다시 안으로 네가 들어갔을 때는 조금 전의 들뜸과 흥분은 사라지고 그녀와 남자는 말다툼을 하고 있었고 급기야 눈물을 보이는 그녀를 남자가 달래고 있었다. 그녀의 눈물은 오래 지속되었다, 남자는 그녀의 뺨과 입에 입을 맞추고 머리를 쓸어 올리며 다독였다.

*

너의 방은 이제 악취와 부패의 시간이 흐른다.

냉장고는 쇠약한 소리를 쿨럭이더니 잠깐의 틈을 두고 기이익 긁히는 소리를 내며 멎었다. 너는 냉장고가 멈춘 지 얼마나 지났는지 가늠해 본다. 냉장고 안에 있던 내용물은 바닥에 꺼내어 펼쳐져 있고 썩어가고 있다. 냉장고에 있는 식재료들과 너의 침이 묻은 음식들을 모두 꺼내 놓았더니 마치 냉장고에서 내장이 터져 나온 것 같았다. 너는 처음에는 성한 음식들을, 그리고 부패의 시간이 더해질수록 썩어가거나 썩은 것들을 먹었다. 너는 아직 형체가 남아있는 사과를 집어 든다. 반쪽은 검은색으로 썩었고 반은 갈색으로 물러 고름 같은 진물이 흘렀다. 썩은 부분을 잘라내고 무른 쪽을 베어 먹었다. 익숙한 베어 묾. 너는 몇 번에 걸쳐 상한 사과를 베어 먹었다.

중고로 산 냉장고는 작년부터 모터 돌아가는 소리가 심상치 않았다. 한 번은 작동이 멈췄는데 손으로 세게 쳤더니 다시 돌아가기 시작했고 그 다음날은 냉동고가 기능을 잃었다.

냉동이 되지 않아도 남아 있는 냉장의 기능만으로 충분했으므로 너는 냉장고가 완전히 멈추게 되는 날까지 그냥 쓰기로 했다. 달리 냉동고에 넣어야 할 음식 재료들도 없었고 그나마 안에 들어있던 고기 몇 덩이와 뭔지도 모를 내용물이 담긴 봉지들은 해동이 되면서 냉장고 안에서 방치된 채 상해버렸다. 안에 있던 물건들을 게워 내고 찬 기운을 상실한 냉동고에서는 시간이 고여 묵은 냄새가 났다.

너는 비어 있는 냉동고를 가끔 열어 보기도 하고 그녀가 솔랄이라 부르는 남자와 너에게 다녀간 날이면 그 앞에서 오래도록 서 있곤 했다.

밤이 되면 냉장고 모터가 숨이 끊어질 듯 돌아가는 기괴한 소리가 작은 옥탑방을 메웠다. 너는 볕이 들지 않는 지하방보다 더 싼 가격에 얻은 그 방을 진심으로 좋아했기 때문에 그 소리를 참아 냈다. 네가 절실하게 원했던 소리는 그녀가 너를 솔랄로 불러주는 것이었다.

그녀의 얼굴이 변하긴 했지만 너는 그녀가 그 애라는 것을 안다. 너는 소년원 시절을 어쩔 수 없이 그 애로 인해 떠올린다. 소년원을 들락거리며 알게 된 형들과 어울려 다니던 그 때. 낙인은 지워지지 않는다는 것을 몸으로 익히던 그 시간들. 너는 쓰레기 자식이었고 그들의 노예였다.

너는 갈 곳이 없었기 때문에 버텼다. 일상적인 수모를 견디고 그들과 가스를 맡고 술에 취해 널브러져지면 형의 여자를 마음에 품고 있다는 것도 잊었다. 그 애는 형의 입을 빌어 너에게 모욕을 주는 것을 즐겼다. 말과 행동을 동원해서 너는 무참하게 그들의 노리개가 되었다. 너는 그 애의 욕설이나 빈정거림은 상관없었다. 너는 그 애의 진심을 알고 있었으니까. 한계를 넘은 가스 흡입으로 병원에 실려 온 뒤 치료를 받고 시설에 머무는 동안 너는 그들의 세계에서 낙오되었다. 가스가 공급되지 않는 너의 몸은 소리를 받아들이지 못했고 너의 주변을 떠도는 소리들로 인해 너는 정신과 치료를 병행해야 했다.

*

그녀가 남자를 솔랄로 부르게 된 여름날, 너는 솔랄이라는 이름을 가진 남자 주인공이 나오는 영화를 다운로

드 받아서 반복해서 봤다. 너는 그녀의 솔랄이 되기로 했다. 가르마가 오른쪽이었던 너는 솔랄처럼 왼쪽 가르마로 바꾸고 단정하게 빗어 넘긴 머리 스타일로 바꿨다. 복고와 스키니가 공존하는 유행기였지만 대부분 이마를 앞머리로 가린 스타일이었기 때문에 너처럼 복고풍 머리스타일을 한 젊은 이는 드물었다.

근무 시간에 입는 유니폼인 흰 셔츠는 매일 집으로 가져가서 빨아 날이 서게 다림질을 해서 입었다. 솔랄도 주로 흰 셔츠를 입었다. 티셔츠와 청바지가 전부인 너의 옷걸이에 클래식한 네이비 자켓과 차콜그레이 투턱 팬츠와 흰색 와이셔츠와 연회색 줄이 들어간 와이셔츠, 스카이블루 와이드셔츠가 걸렸던 것도 그때였다. 너는 네가 보는 세상의 색들이 다양하고 세부적인 이름으로 불리고 있다는 것을 알아가는 중이었다. 또한 옷이 그 사람을 대변해 줄 수도 있다는 것과 사람이 아닌 옷이 대접받는 세상의 이치를 알아버리게 되었지만 너는 오직 그녀에게 보여주기 위한 행위였다. 근무가 끝나면 솔랄과 같은 정장으로 갈아입고 솔랄의 걸음걸이로 일터를 나왔다.

너는 살아가는 데 그다지 돈이 많이 들어가지 않는 편이다. 외출도 거의 하지 않았고 집과 일터만을 오가며 약간의 먹거리로만 생계를 이었다. 네가 유일하게 돈을 쓰는 곳이 솔랄의 옷을 살 때였다. 너는 넥타이까지 맨 정장 차림으로 출퇴근을 하였고 달라진 너의 모습에 처음에는 어리둥절해 하던 동료들도 너의 뒷모습을 흘끔거렸다. 튀지 않는 은은한 색의 조화로 몸을 감싼 너는 솔랄이 되어 가고 있었다. 다만 그녀가 너를 솔랄이라 불러주지 않을 뿐이다. 솔랄… 솔랄… 입안을 향기로 채워주는 발음이라고 너는 생각하면서 솔랄… 솔랄… 발음해 본다.

네가 솔랄이 되어가는 와중에 또 다시 여름이 찾아왔다. 그녀가 언제 올지 모르기 때문에 너는 항상 솔랄의 정장을 입고 다녔고 머리 스타일도 바꾸지 않았다. 동료들은 이 대 팔 가르마라서 나이 들어 보인다는 말도 했지만 너는 나이가 들어 보이고 싶었기 때문에 상관없었다. 너는 고작 스물두 살이었고 그녀가 예전부터 나이가 많은 사람을 좋아한다는 것을 너는 알고 있었다. 너는 완벽한 솔랄이 되어 그녀에게 가려고 한다.

*

지독한 더위에 사람들이 쪼그라드는 그런 날에 그녀가 혼자 왔다. 너는 냉방병 증세로 시달릴 정도로 찬 기운 속에서 일을 하기 때문에 흰색 와이셔츠의 핏이 살아 있는 것과 무스를 발라 넘긴 머리 스타일이 땀에 젖어 망가지지 않은 모습을 그녀에게 보일 수 있어서 만족스러웠다. 그녀는 가토 쇼콜라, 티라미수, 블루베리 치즈 등의 케이크 세 조각과 아메리카노를 주문했다. 그녀는 남자와 올 때는 에스프레소를 마셨고 친구들과 올 때는 아메리카노를 마셨다. 너는 무표정을 연기하며 그녀가 너의 얼굴을 세심하게 쳐다보는 것을 모른 체했다. 그녀가 주름 없이 잘 다려진 흰 와이셔츠로 시선을 옮기는 순간에는 숨이 멈추는 것 같았다. 영수증을 건네주는 손끝이 저렸다. 그녀는 남자와 항상 같이 앉는 자리로 가서 앉았다. 그녀는 천천히 케이크를 먹으면서 핸드폰 게임을 시작했다. 너는 새로 내린 아메리카노를 그녀의 테이블에 올려놓았다. 테이블 위에 흘린 물 자국이 윤슬같은 무늬를 만들었다. 그녀는 잔이 놓인 자리를 바라보며 중얼거렸다.

재주 없는 새끼, 너, 신경 쓰인다.

심장에 쌉쌀하니 생채기가 돋는 것 같았다. 너는 그녀에게서 또 다른 말이 나올까 그 자리에 서 있었지만 그녀는 네가 가져다 준 아메리카노는 손도 대지 않고 케이크만 무성의하게 먹었다. 케이크는 두 개째 형체를 잃고 뭉개지고 있었다. 온전한 모양으로 남아 있는 마지막 케이크 한 조각. 너는 다급하게 카운터로 돌아가 매니저에게 급한 일이 생겨

가봐야 한다는 말을 전했다. 너는 카운터 뒤로 사라진다. 그리고는 솔랄의 정장으로 갈아입고 나타났다. 너는 그녀의 자리를 바라보고 안도의 한숨을 내쉬었다. 그녀는 마지막 케이크에 포크를 대고 있었다. 한 손에 쥔 핸드폰으로는 손가락을 쉴 새 없이 움직이며 게임에 몰두했다. 그녀가 남자와 있을 때 게임을 하는 것을 본 적이 없다. 너는 솔랄의 걸음으로 문을 열고 나왔다. 그녀가 볼지도 모른다는 생각에 몸에 힘을 너무 줘서인지 부자연스런 걸음이 되었다, 그동안 연습했던 솔랄의 걸음걸이가 아니었다. 밖으로 나온 너는 오직 그녀가 나올 문만 바라봤다. 거리의 소음이나 행인들의 움직임은 전혀 너에게 끼어들 틈이 없었다. 너는 완벽한 솔랄이 되려고 하는 중이었으니까.

*

너는 기운이 없다. 이제 더 이상 먹을 만한 것은 없다. 비척대고 일어나 수돗물을 틀어 물을 마신다. 너는 썩어가는 음식물과 녹아내려 어떤 형태를 가졌던 물건이었는지 알 수 없는 것들을 무연하게 본다. 냉장고에서 나온 내용물이 썩어가는 것 말고도 컵라면 그릇과 인스턴트와 가 공 식품 포장지들과 휴지 조각들이 굴러다녔다. 쓰레기 더미와 썩은 음식물의 잔해일 뿐인 풍경이다. 너는 갑자기 질퍽하게 썩어 흐르는 액체 사이로 달려들었다. 너의 눈에 보이는 것은 분명 싹이었다. 형체가 허물어지고 있는 감자에 싹이 텄다. 감자는 이미 물러져 있었는데 무르지 않은 미세한 공간을 비집고 싹이 돋아 있다. 너는 싹을 똑 잘라 입에 물어본다. 쌉쌀하고 아린 맛이 났다. 너는 이 싹이 너의 몸 안에 들어가 싹을 틔우고 자라서 너의 입과 눈과 콧구멍과 귀에서 싹이 무성하게 돋아나면 좋겠다고 생각한다. 너는 두 팔을 들어 올리고 고개를 위로 올린다. 싹이 움찔움찔 움직이기 시작했다. 너의 구멍들에서 뻗어 나온 싹들은 쭉쭉 뻗어 가지를 치고 너의 몸을 타넘는다. 무성한 가지들은 너를 빨아들이고 너는 그것들에게 스며든다. 가지는 뿌리를 내리더니 지하로 더 깊이 파고 들어간다.

　그리고 너는 지하방 침대 위에 앉아 있는 비대한 여자를 바라본다.

　어둡고 음습한 기운이 가득한 벽에는 곰팡이가 슬어 방을 둘러싸고 있다. 침대 위에 있던 때에 절은 이불이 소리 없이 바닥으로 떨어졌다. 이불이 떨어진 그 옆으로 음료수 병들이 어지럽게 널려있고 과자 봉지며 휴지들이 바닥을 가득 채우고 있다. 개수대는 집안에 있는 모든 그릇들이 나와 음식이 묻은 채로 말라가고, 먹다 버렸거나 남겨 뒀던 먹거리들이 썩어 가고 있다. 화장실 변기에서 넘쳐난 오물이 썩어서 내는 독한 가스가 방안에 꽉 찼다.

싹과 가지와 뿌리 속에 스며있는 너는 흠칫 놀란다. 작은 아이가 있다. 열린 냉장고 안에 웅크리고 있는 남자 아이, 대여섯 살 정도 돼 보이는 여위고 마른 아이가 쓰레기 바다를 표류하는 배처럼 냉장고에 타고 있다. 너는 그 아이에게 다가간다. 너는 아이의 어깨에 손을 얹는다. 아이가 고개를 들어 너를 바라본다. 너는 가지에 붙어 있는 싹을 하나 뜯어서 아이에게 준다. 아이는 싹을 받아먹는다. 너는 또 싹을 뜯어 아이에게 준다. 아이는 네가 주는 대로 받아먹는다. 너는 온몸을 뒤틀고 흔들며 뿌리를 움직거린다. 지하에 균열이 가고 진동이 밖으로 퍼져나간다.

잠시 후에 어둠이 잠긴 쓰레기 바다에 빛이 들어왔다. 사람들이 문을 따고 들어왔다. 전기도 물도 끊긴 그 방에 사람들이 플래시를 비춰가며 욕지기를 해댔다. 사람들은 침대에 죽어있는 비대한 아이 엄마를 발견했다. 침대 머리 상판에 기대어 죽어 있는 여자의 턱밑으로는 게워 낸 얼룩이 굳어 있었다. 여자가 입은 바지는 몸에 꼭 맞는 스키니였는데 처음에는 몸에 맞았던 것이 살이 찌면서 작아진 건지 아니면 몸에 맞지 않는 스키니를 억지로 끼워 넣다가 그렇게 되었는지 알 수 없지만 종아리부터 허벅지까지 양쪽이 다 뜯어져 있었고 티셔츠 역시 작은 사이즈였는지 말려 올라가 늘어진 뱃살이 그대로 드러났다.

사람들은 바닥에서 썩어가는 형체를 알 수 없는 것들과 끈적한 액체와 말라붙은 곰팡이를 헤집고 플래시를 비췄지만, 온갖 잡다한 쓰레기가 쌓여 있는 집안 모습에 아연해 했지만, 욕실에서 넘어온 배설물이 썩은 음식물들과 합쳐져서 살이 썩는 냄새를 풍기는 것도 알아냈지만, 아이는 찾아내지 못했다.

너는 뿌리를 잘라내고 가지를 흔들며 싹을 뜯어서 바닥에 떨어뜨리며 아이가 있는 냉장고를 가리켰지만 사람들은 너의 울음소리를 듣지 못했다. 너는 초점 없는 아이의 눈과 감각을 잃어버린 아이의 몸을 쓰다듬는다. 아이는 요동도 없다. 너는 몸에 붙어있는 싹을 전부 뜯어서 아이에게 준다. 아이는 오직 네가 주는 것을 받아먹기만 한다. 너는 남아 있는 가지와 잔뿌리들을 모조리 몸에서 떼어내고 아이에게 스며든다.

구급대가 도착하고 간이 조명이 설치되었다. 방안 전체가 한눈에 들어온다. 침대에 앉은 아이 엄마의 몸에 음영이 생겼다. 구급대원 네 명이 달라붙어 죽은 아이 엄마를 실어나갔다. 너는 비대한 여자가 사라지는 쪽으로 몸을 돌린다. 냉장고에 너의 손톱이 닿아 긁히는 소리가 났다. 사람들이 너를 발견한다. 냉장고 안에 있던 너는 눈을 뜨지 못한다. 눈을 질끈 감은 너를 사람들이 냉장고에서 끌어내려 한다. 너는 날 세운 이빨로 너의 몸에 닿는 모든 것들을 문다. 너는 시꺼멓게 때가 낀 기다란 손톱으로 사정없이 할퀸다. 사람들은 너에게 물린 이빨 자국에 침을 바르며 이 지경에서 살아남았으니 너도 질긴 목숨이라며 혀를 찼다. 너는 오랜만에 들리는 남자 어른의 목소리를 들으며 엄마를 찾아오지 않는 아빠라는 사람의 목소리를 기억해 냈다. 이제 끝내자. 너도, 애도, 어디 가서 죽어버렸으면 좋겠다. 가정이 있는 사람이란 거 알았잖아.

엄마는 아빠라는 사람이 주고 간 돈 봉투를 사흘 간 꼼짝 않고 쳐다보다가 마트에서 그 돈만큼 먹을 것들을 사서 날랐다. 그리고, 먹고 먹었다.

구급대원들은 냉장고에 너를 넣은 채 밖으로 끌어내기로 한다. 그 사진이 신문에 실렸다는 것을 너는 위탁 시설에서 들었다.

*

너는 수돗물로 배를 채우고 비틀대며 벽에 걸린 솔랄의 옷으로 걸어간다.

너는 입고 있던 옷을 하나씩 벗는다. 버석하고 거친 너의 몸이 드러났다. 하루에 세 번 이상 샤워를 하고 수백 번도 더 손을 씻느라 윤기 없이 건조한 너의 피부를 너는 가만 쓸어본다. 까슬하다. 너는 스카이블루 와이드셔츠를 받쳐입고 네이비 자켓과 팬츠를 입은 후에 거울 앞으로 다가간다. 텔레비전에서 나오는 불빛에 그림자 진 너의 얼굴은 어둡다. 너는 스위치를 올린다. 어둠이 꺼지는 소리가 들렸다. 갑자기 쏟아지는 빛 때문에 찡그린 너의 얼굴이 거울에 비친다. 너는 거울 속의 네가 누구인지 잘 모르겠어서 혼란스럽다. 속삭속삭… 슈슈슈… 너는 귀를 틀어막는다. 너는 여러 사람들이 수런수런 거리는 말들과 소곤거리는 소리들이 점점 너를 향해 돌진해 오는 것을 막을 수가 없다.

　소년원에서 너만 나타나면 수군거리던 아이들의 말들이 거울에 부딪혀 깨진다. 쓰레기집에서 꺼내 온 아이래. 냄새가 구려. 자기가 싼 똥도 먹었다는데. 아이들은 어디서나 수군대고 늘 소곤거렸다. 패거리들과 몰려다닐 때도 너는 쓰레기 자식이라는 낙인을 달고 살았다. 그 애가 패거리들과 짜고 너를 좋아한다는 고백을 하면서 연기할 때 숨어 있던 소리를 너는 몰랐다. 쓰레기 자식, 똥통에 빠진 놈… 잘도 속아 넘어가네… 너는 그 애가 눈을 내리깔고 수줍게 너를 좋아한다는 말을 하면서 보조개가 파이는 것을 보고 심장이 벌컥거렸다.

*그니까… 그동안 주욱 너 좋아했었어… 그니까… 짱오빠
때문에 나도 어쩔 수 없었어… 그니까… 너도 나 좋아하잖
아…*

너는 그 애에게 같이 도망가자고 했고 동시에 자지러지
게 웃어재끼는 패거리들의 소리와 함께 형의 구타가 시작
되었다. 너는 형들과 그 애가 보는 앞에서 그 애가 싼 똥
을 먹었다. 네가 견디기 힘들었던 것은 똥을 먹는 것도 형
에게 맞는 것도 아니었다, 패거리 속에 있는 그 애가 너를
보며 웃고 있다는 것이 믿을 수 없었다.

너는 어디를 가든 수군수군, 속삭속삭대는 소리를 들
었다. 사람들이 있는 곳이면 어김없이 달려드는 소리들
에 둘러싸여 머리가 지끈거렸다. 너는 머리를 벽에 짓이
겼다. 머릿속을 휘돌아 치는 소리. 너는 스위치를 내렸다.
빛이 사라진 자리, 소리는 어둠 속으로 빨려 들어갔다. 너
는 어둠 속에서 희미해지는 수런거림을 듣는다.

*

너는 그녀가 케이크를 다 먹고 네가 가져다 준 아메리
카노를 마시고도 남을 시간 동안 밖에서 오직 문만 바라

봤다. 이 세상은 무음의 상태가 되었다. 네가 완전한 집중을 할수록 문은 더 크게 보였다. 그 문이 열리고 그녀가 나왔다. 너는 그녀를 따라갔다. 그녀가 솔랄의 옷을 알아봐 주길 바랐다. 그녀는 거리와 골목길을 느릿느릿 걷다가 벤치에 앉아 담배를 피우기도 하고 느닷없이 멈춰서고는 전화를 걸어 소리를 질러댔다. 너는 그녀가 받지 않는 남자의 전화기에 음성 녹음을 남기는 모습을 지켜봤다. 그녀는 눈물이 범벅이 된 얼굴로 들리지 않는 목소리를 향해 자기 목소리를 남기고 있었다.

이제 진짜 끝이야. 그니까… 너, 나쁜 놈이야. 사랑한다며… 나한테 어떻게 이래…

너는 오래 전에 똑같은 말들을 들었던 기억이 떠오른다. 너무 많이 들어서 드라마 대사 같기도 하고, 안부 인사처럼 느껴지기도 하는 그런 말들이 너에게 각인되어 있었다. 침대 위에 앉은 비대한 여자, 그 여자의 목소리와 일치했다. 너는 잊고 있던 목소리를 떠올리는 것이 그렇게 끔찍한 것인 줄 그때 처음 알았다. 그 목소리는 더러웠다. 너는 그 목소리가 오물처럼 너의 몸에 달라붙는 것 같아 진저리를 쳤다. 그 여자가 처음부터 몸이 비대했던 것은 아니다. 그 여자가 비대해지기 전에 너에게 살갑게 대해 줬었는지 기억나는 것은 없지만 처음부터 그런 몸이 아니었다는 것은 생

각났다. 자신의 몸이 파괴되는 것도, 자식이 있다는 것도
잊은 여자는 원망과 증오로 자신의 몸을 불려나갔고, 받
지 않는 전화기의 주인에게 발작을 일으키듯 소리 지르
고 먹기를 반복하다 기도가 막혀 죽었다.

너는 그녀의 입에서 나오는 소리들과 먼 옛날의 소리들
이 겹쳐지면서 내는 메아리에 머리가 울렸다. 기력을 소
진한 그녀의 흐느낌이 너에게 들려왔을 때 너는 그녀에게
다가섰다. 너는 비대한 여자가 앉아 있는 침대 위로 올라
간 본 적이 없었고 그 여자의 몸에 손을 대 본적도 없었지
만, 너는 그녀의 어깨를 감싸 안으며 남자가 그녀를 도닥
거렸던 것처럼 등을 두드렸다. 그리고 솔랄이 그랬던 것
처럼 그녀에게 입을 맞췄다. 그녀가 놀라 몸을 뒤채면서
너에게서 빠져나갔다.

그녀는 너를 확인하고는 조금 전의 흐느낌이 순식간에
조소로 바뀌었다.

씨발, 안 그래도 연기하느라 기운 다 뺐는데… 그니까…
이건 또 뭐야. 더럽게… 쓰레기 같은 자식까지 덤비네 이
젠… 아우… 열 뻗쳐…

놀란 건 오히려 너였다. 너는 주먹으로 그녀의 입을 쳤
다. 그리고 너는 네가 그녀의 입을 쳤다는 것을 나중에야
알아챘다. 그녀가 무릎을 꺾으며 휘청거렸다. 너는 그녀

의 목에 팔을 두르고 힘을 주었다.

 *더러운 자식이 여자는 무슨… 내가 싼 똥이나 처먹어라… 그
니까… 너 원래 똥 먹고 살았던 놈이라며.*

 순식간에 다른 손으로 늘어지는 그녀의 몸을 부축하면서
목을 조르는 팔에 힘을 더 주었다.

 *주제 파악도 못하고 어딜 넘봐… 아까 홀딱 넘어오는 거 봤
지… 그니까… 웃겨서 돌아가시는 줄 알았다니까.*

 지나가는 사람들이 있었지만 누구도 너의 행동에 신경을
쓰는 사람은 없었다. 술에 취한 애인을 부축하는 것으로만
생각한다. 너는 그녀가 움직이지 않을 때까지 기다린다. 너
는 그녀에게만 집중한다. 그녀의 입은 더 이상 움직이지 않
는다. 그러나 너에게는 그 애의 목소리와 패거리들의 소리
가 계속 들려온다. 열대야가 기승을 부리는 여름이었다. 땀
이 흘렀다. 온몸이 땀으로 적는다. 솔랄의 정장도 핏을 잃었
다. 와이셔츠가 땀에 달라붙어 살이 비친다. 자켓의 팔꿈치
에 주름이 잡힌다.

 너는 그녀를 업고 열대야의 거리를 걸었다. 그녀는 너에게
완전히 의지한 채 몸을 맡겼다. 너는 진짜 솔랄이 되었다. 너
는 그녀에게 솔랄에 대해서 말했다. 그녀가 속이고 있는 가
짜 솔랄에 대해서도. 그녀의 솔랄은 너뿐이라는 것도. 너는
뚝뚝 떨어지는 땀이 눈으로 들어가서 쓰라렸다. 눈을 껌뻑거

렸지만 짠 기가 들어간 눈은 따가웠다. 눈을 훔치려고 한 손을 그녀의 엉덩이에서 뗐을 때 너는 그녀가 입은 옷이 스키니가 아니고 와일드 팬츠라는 것을 알게 된다. 너는 그녀의 솔랄이 되기까지 스키니에서 와일드 팬츠 사이만큼의 시간이 어느 정도인지 가늠해 본다.

너는 옥탑방을 오르는 계단에서 힘이 다 소진되었다. 그녀를 계단에 앉히고 너의 어깨에 그녀의 머리를 기대게 한다. 너는 숨이 차다.

이제… 괜찮아… 내가… 그니까… 솔랄이 있잖아.

*

쓰레기 같은 자식, 그녀의 목소리가 들려올 때마다 너는 그녀의 입을 때렸다. 그녀는 얌전히 맞는다. 그녀의 입은 뭉개져서 형태가 없다. 그래도 너는 그녀의 입이 거기에 있음을 안다. 소곤소곤 사람들의 소리가 벽을 뚫고 들어온다. 사람들이 두런두런거리는 소리가 공기처럼 떠다닌다.

쓰레기… 그니까… 냄새 지독하네…

너는 귀를 막는다. 그러나 소리는 머릿속으로 들어와서 큰북을 울리듯이 둥둥거린다. 너는 머리를 잘라내 버리고 싶다. 악취까지 더해서 너는 방안에 있는 것이 버겁다. 시간이 고여 풍기는 묵은내를 너는 잘 안다. 그 냄새가 너를 죽일 수도 있다. 몸이 비대했던 침대 위의 여자도 시간이 묵어갈 때 움직임을 멈췄다. 너는 너를 바라본다. 솔랄의 정장을 입은 너의 모습이 진짜 솔랄 같다. 다림질을 못해 주름이 잡혔지만 여전히 솔랄의 옷이다. 너는 솔랄이다.

너는 나사가 빠진 현관문을 연다. 문은 삐걱거리며 열렸지만 너는 문을 여는 것이 힘에 부친다. 그녀를 안전하게 옥탑방으로 데려오고 나서 처음 문밖을 나서는 너는 현기증이 일었다. 썩은 음식들을 먹으며 버틴 너의 몸은 후둘거린다. 너는 부패의 층이 걷어진 공기가 어색하다. 너와 너의 눈이 마주친다. 너는 옥탑에서 바닥으로 순식간에 하강한다.

너는 움직이지 않는 너를 본다. 너는 너의 형체가 어떤 것이었는지 적나라하게 본다. 납작하다. 그저 바닥에 납작 엎드려 있다. 여름이 가고 가을이 오고 있는 새벽의 바닥은 차가웠다. 바닥에 떨어진 너를 발견한 사람은 환경 미화원이었다. 구급차가 오고 경찰차가 오고 골목이 수선스러워지자 동네 사람들이 나왔다. 사람들의 입에서는 소곤소곤, 속삭속삭 끝도 없이 말이 쏟아져 나왔다. 바닥에 누워있는 너도, 그런 너를 바라보는 너도 머리가 복잡하다. 너는 어디론가 실려가고 또 너는 옥탑방으로 들어간다. 익숙한 부패의 냄새. 너는 그녀가 누워있는 침대로 가서 그녀의 옆에 눕는다. 너는 솔랄의 옷을 입고 있다.

무주의
맹시

키가 작으면 루저가 되는 세상과 달리 여
기서 나는 예술가 로트렉이 되어 곱사춤을
춘다. 모두 나와서 춤을 추었다. 하나로 어
울려 춤을 춘다. 빙글빙글. 하응이 나를 안고
돈다. 하응은 역시 로트렉을 좋아한다. 연
삼이... 맞아, 연삼이는 어디 갔지? 연삼
이도 돌고 있다. 빙글빙글. 모두가 돌아간다.

무주의 맹시

환청이 들릴 때는 어떻게 하나요?

그 자리에서 피해요.

같이 욕해요.

열나 때려요.

옷을 바꿔 입고 화장 찐하게 하고 선글라스를 껴요.

큰소리로 노래해요.

미친년처럼 웃어요.

손가락 넣고 계속 토해요.

여기저기서 킥킥거리는 소리, 의자를 끄는 소리, 헛기
침 소리가 섞인 움직임이 들린다. 지구멸망 걱정병, 대인

관계 불안병, 심쿵 벌떡병, 은둔형 외톨이병, 우울한 마녀병, 조진 인생병, 인간 알레르기병, 왕따대마왕 증후군은 해사하게 웃으며 춤을 추기 시작한다.

하융은 한곳만 바라본다.

그의 손은 목탄 가루투성이다. 하융의 시선이 머무는 곳에 심각증이 있다. 심각증은 한 달 전에 새로 들어온 젊은 여자인데, 자신이 찾고 있던 연심의 얼굴과 비슷하다며 하융은 이전에 그림을 그릴 때와는 다른 눈빛이 되었다. 그의 눈에는 오직 심각증의 얼굴만 보였다.

심각증은 머리를 틀어 올려 목덜미를 내보인 채 자신의 세계에 빠진 게슴츠레한 눈을 하고 하융의 뒤로 보이는 바깥 풍경에 시선을 두고 있다. 하융은 이곳에 있는 사람들의 얼굴을 목탄으로 그려서 벽면에 붙이고 그들의 표정 뒤에 숨겨진 심리를 분석한다. 하융은 자신을 천재 작가인 '이상李箱'이라고 생각한다. 자신을 떠난 연심이 바로 심각증과 비슷하게 생겼다는 것이다. 이상의 연인이었던 금홍의 본명이 연심이었다. 하융은 미팅이 시작되었는데도 심각증의 얼굴에서 눈을 떼지 못했다.

*

자, 모지리 떠듬이라고 자신의 병명을 붙이셨는데, 어떠세요?

저… 어… 처음으로… 비웃지 않고… 이런 이야기를 하게 돼서… 저와 똑같은 경험을… 서로 웃으면서… 하니까… 마음이… 편… 저도… 이야기해 주신 대로… 하… 한… 번 해 볼게요.

이곳의 이름은 '하루'이다. 이곳에서는 병이 있는 것을 숨기거나 부끄러워하지 않는다. 스스로에게 병명을 붙이고 그 이름으로 불린다. 하루에 두 번씩 이루어지는 미팅 시간에는 자신의 병과 문제점을 낱낱이 이야기하고 망상의 내용을 연기하면서 해결 방법들을 연습한다.

오지 않은 내일은 오늘 하루에서 오고 오늘은 또 내일의 하루가 되므로 오늘 하루도 실패를 두려워하지 않고 문제를 일으키자는 공동체의 바람이 깃든 이름이었다. 병원이나 시설처럼 누가 누구를 치료하는 것이 아니라 문제를 가지고 있는 사람들끼리 자신의 문제를 허물없이 드러냄으로써 치유를 공유하는 자발적 공동체인 셈이다.

이야기 수집병을 가진 나는 이곳에 대한 이야기를 듣고 바로 들어왔다. 환상과 망상에 시달리는 사람들의 이야기라면 그녀가 좋아할 것 같았다. 그러니까, 나는 새로운 이야기를 좋아하는 그녀를 위해 이곳에 있는 것이다.

나는 하융과 이야기를 자주 나누었다. 자신이 천재작가 이상이라는 망상을 가진 하융은 이상의 절친이었던 곱추 화가 구본웅과 함께 경성을 누비던 어느 날에 대하여 이야기하다가 갑자기 말을 끊더니 나를 위아래로 훑어보았다. 이어 그의 입가에 미소가 번지더니 내 주위를 빙빙 돌며 로트렉… 로트렉… 로트렉 하고 부르기 시작했고 그때부터 늘 자신의 옆에 붙어 있게 했다.

나는 군대 시절 난쟁이 콘테스트에서 대상을 받아 포상 휴가를 나간 적이 있었다. 그렇다고 난장이까지는 아니고 다른 사람에 비해 하체가 짧고 굵은 편이다. 안짱다리처럼 휜 다리로 걸을 때면 뒤뚱거리며 걷기도 했다. 당시엔 외박 나가는 것에만 정신이 팔려 여자 친구에게 난쟁이 콘테스트에서 대상으로 뽑혔다는 말을 한 것 때문에 차이게 될 줄은 몰랐다.

이상과 구본웅이 경성 거리를 누비던 것처럼 하융과 나는 '하루'를 누비고 다녔다. 이야기를 좋아하는 하융 덕분에 이곳 사람들에 대한 증상을 자세하게 알 수 있어서 나 역시 그와 있는 것이 싫지 않았다. 무엇보다 하융이 들려주는 이상에 대한 이야기가 흥미로웠다. 하융이라는 이름은 이상이 그림이나 삽화를 그릴 때 쓰던 필명이라든지, '날개'에 등장했던 수면제인 아달린을 경성 어느 약국에서 샀는지, 제비다방

골방에서 벌였던 토론, 쓰루다방에 걸린 액자 뒤 시멘트 벽에 새겨 넣은 미발표 시, 금홍이 아닌 또 다른 여자와의 식스나인 체위에 대한 세세한 묘사 등 진짜 이상만이 알 수 있을 법한 이야기가 하융의 입을 통해서 나왔다. 심각증이 들어오고부터 사정이 달라지긴 했지만 하융은 생각이 날 때마다 로트렉, 로트렉, 고함을 지르며 나를 찾곤 했다. 이곳 사람들도 나를 로트렉이라고 불렀다. 사람들이 로트렉이라고 부를 때마다 등이 조금씩 굽어지는 느낌이다.

연심과 닮았다는 심각증은 이상의 연인이었던 금홍의 사진과 대조해 봤을 때 전혀 닮지 않았다. 사진 속 금홍은 둥근 얼굴에 촌스런 외모여서 이상이 좋아했던 여자라는 것이 실망스러울 정도였는데 심각증은 갸름한 얼굴형과 신경 쇠약에 녹초가 된 주름진 미간을 지닌 여자였다. 세상 모든 사람들 눈이 자신에게로 향하고 비난의 말을 퍼붓는다는 망상에 시달리느라 늘 심각해서 심각증이라는 병명을 갖게 된 심각증은 이곳 사람들의 증세에 비하여 과하지도 덜하지도 않은 편이었다.

아직까지는 자신의 구체적인 문제점들과 어떤 망상의 세계 속에 사는지 이야기 나누는 미팅 시간에 자신을 내놓기를 꺼려하는 적응기를 보내고 있다.

*

오늘은 양계장 청소를 하러 갔다. 비위가 약한 편이라 닭 똥 냄새도 그렇고 조류 자체를 싫어하다 보니 양계장 일보다는 농사일을 주로 했었는데 오늘은 작심하고 온 것이다. '하루'에서 중요한 일과가 농사일을 하는 노동 시간이다. 무농약으로 재배한 채소를 생협에 납품하고 직접 포장에 이르기까지 모든 것이 수작업을 통해서 이루어진다. 거주 공간인 생활동과 작업동이 분리되어 있고 양계장을 통해서 벌어들이는 수입이 늘어가고 있었다.

좁은 철망으로 다닥다닥 붙은 양계장이 아니라 자유방목형인 이곳 시설과 달걀의 신선도와 영양 측정치가 높아서 일반 달걀보다 세 배 비싼 가격에 팔리고 있다. 협동 농장과 비슷한 개념으로 공동으로 노동하고 공동으로 분배하는 것이 철칙이다. 병원에서 불면증에 시달리거나 약에 의존해야 잠을 잤던 경험들이 있는 집단인지라 노동에서 오는 피로감이 더 훌륭한 약이라는 것을 몸으로 터득하고 노동을 치료의 하나로 받아들인다. 먹고 자는 시간을 빼고는 이곳에서의 생활은 노동과 미팅 시간으로 채워진다.

닭은 왜 그렇게 생겼는지 참 이상한 동물이다. 나는 닭이 무섭다. 그런데도 불구하고 양계장으로 온 것은 닭과 대화를 나눈다는 기영태 할아버지의 이야기를 듣고 싶어서였다. 기영태 할아버지는 양계장을 관리 감독하느라 농사일은 하지 않지만 미팅 시간만큼은 참석한다. 이곳에 오고 며칠 되지 않았을 때 기영태 할아버지가 미팅 시간에 들려준 이야기가 내내 맴돌았다. 자신을 닭이라고 소개하면서 닭이 홰를 치는 모습과 걸음걸이를 흉내 내면서 목청껏 수탉의 울음소리를 내던 것이 인상적이었다. 자리에 있던 사람들은 기영태 할아버지의 모습을 연극 관람하듯 떠들썩하게 웃으며 지켜봤다. 닭과 나누었던 이야기들을 들려주고 그것을 듣는 사람들도 재미있게 듣고 역할극을 즐기는 모습들이었다.

오늘 양계장 대청소를 위해 편성된 조 인원이 기영태 할아버지의 지시에 따라 한 조는 양계장 내부로, 다른 조는 외부 철조망 작업을 하기로 했다. 나는 기영태 할아버지 쪽으로 붙었다. 온종일 양계장에서 일을 하는 탓에 닭똥 냄새가 몸에 배어 있는 사람과 가까이 있으려니 속이 울렁거렸다.

어르신, 전에 말씀하셨던 혀에 종기가 난 닭 이야기 말입니다.

노인은 잠시 그게 왜? 하는 표정으로 나를 바라보았다.

혀에 종기가 난 닭 이야기를 자세히 듣고 싶습니다.

노인은 철조망을 단단하게 이어 붙이는 작업을 계속 하면서 간간이 휘파람 소리 같은 한숨을 내쉬었다.

그 닭은 어떻게 만나게 되신 건가요?

노인이 말하게 될 혀에 종기가 난 닭 이야기는 이미 하융에게서 들어서 알고 있었고 이곳 사람들도 다 알고 있는 이야기였다. 나는 노인의 입을 통해 직접 듣고 싶었다.

허허… 자네가 이야기라면 사족을 못 쓴다는 말은 들어서 알고 있네만…

노인은 어미닭을 따라 다니는 병아리를 사뭇 귀여워 죽겠다는 표정으로 들여다보더니 또 허허 웃는다.

저놈들이 더워서 그늘을 찾아다니는 거라고 말하네 그려. 자네도 알다시피 난 저 닭들이 하는 이야기를 들을 수 있거든. 내가 만난 생명체 중에 혀에 종기가 난 닭보다 현명한 생명체는 없었어.

노인은 목에 두르고 있던 수건으로 다리춤을 탁탁 털더니 바닥에 주저앉아 담배를 꺼내 물었다. 담배 연기를 내뿜을 때마다 한숨 같은 휘파람 소리가 났다.

더워서 미칠 것 같은 복날이었지. 더워서 숨이 턱턱 막히는데 손님도 없어 에어컨을 끄고 문을 열어 놓고 있었어. 알루미늄 새시로 만든 조립식 상자 같은 좁은 공간이라 한낮에는 밖의 온도보다 높을 때도 있어. 복날, 어디서 도망쳤는지 모를 닭 한 마리가 느닷없이 구둣방으로 들어온 거야. 그러곤 나가지도 않고 제집인 양 버티고 있더라구. 그때 구두 뒤축을 갈아 달라며 여자 손님이 들어오길래 에어컨을 얼른 켜고 문을 닫았지.

여자는 언청이였어. 요즘은 기술이 좋아 웬만해선 흉터 없이 수술이 잘 된다고 하던데 그 여자는 인중과 윗입술이 뭉개진 자국이 확연하고 혀 짧은 소리에 발음이 샜어. 아, 그 여자가 나한테 말을 건 것이 아니고… 그 여자 뒤로 동네 노인 하나가 들어왔어. 가끔 마실 다니듯이 구둣방에 들어와 노닥거리다 가곤 하던 팔자 좋은 노인이 있었는데 그 노인이 들어오니 구석에 박혀 있던 닭이 언청이 여자 옆으로 가서 슬리퍼 밖으로 비죽이 나온 발가락을 부리로 콕콕 찍어대는 게 아니겠어.

여자는 아프다는 기색도 없이 닭을 안아 올려 쓰다듬더라구. 닭은 여자 품에 안긴 채 두릿두릿 눈을 굴리면서 노인 쪽으로 목을 돌렸고… 의자에 나란히 앉아 있던 노인이 그걸 보더니 무슨 맘이 들었는지 갑자기 이야기를 하기 시작했지. 뒷방 늙은이로 전락하기까지 자기가 살아온 인생… 뭐 그런 거 있잖아 사람들이 자기가 살아온 이야기를 쓰면 소설 열 권은 될 거라는 그런… 비슷하면서도 그렇고 그런 이야기 말이야.

　여자의 구두 굽을 갈고도 한참을 더 지껄였는데 자기 인생에 동의를 구하는 것처럼 여자와 닭에게 번갈아 눈을 맞추며 이야기를 했어. 구두 굽을 다섯 개는 갈고도 남을 시간이 지났는데 노인의 이야기는 끝이 나지 않았고… 한 칠십은 넘어 보였는데 그제야 오십 대 이야기를 하고 있었어. 돈도 안 되는 그런 인사 때문에 에어컨을 켜 두는 것이 아까워서 에어컨을 꺼, 말어 하면서 머리를 굴리고 있었지. 여자는 닭을 품에 안은 채 노인 쪽으로 몸을 돌려 집중하고 있었어. 뒤로 갈수록 노인은 얼굴이 벌겋게 달아올라 자기 이야기에 자기가 취해 있었지. 여자의 눈은 더 반짝거렸고 말이지. 고놈의 수탉은 또 어떻고… 여자의 품 안에서 꼼짝도 안하고 이야기를 듣고 있는 거라. 신기한 일은 노인이 이야기를 마친 후에 일어났어.

　여자가 닭을 쓰다듬으며 노인이 들려 준 이야기를 똑같이 하기 시작한 거야. 노인도 나도 놀랐지. 그런데 더 놀랄 일은 언청이 여자의 입을 통해서 듣는 이야기는 분명 노인이 방금 전에 했던 이야기와 똑같은데 느낌이 달랐어. 염소같이 떨리는 목소리, 발음이 새면서 나는 불협화음이 일 때마다 가슴에 기타 줄을 튕기는 듯한 울림이 전신에 퍼지고… 미치고 환장할 일은 더 있어. 그 노인네가 자기가 한 말을 그대로 들려주는 자기 이야기를 들으면서 눈물을 줄줄 흘리는 거야. 아, 똑같은 이야긴데 말일세. 노인이 나중에는 통곡을 하더군. 나도 에어컨 생각은 잊어버리고 묘하게 울컥하는 게 있었어.

노인은 언청이여자에게 조금만 기다려 달라고 사정하더니 더운 열기가 올라오는 밖으로 나갔어. 그동안 여자는 닭을 안고 말없이 구두를 갈아 신고 앉아 있었지. 나는 차마 말을 걸지 못하겠어서 다른 구두를 수선하기 시작했어. 잠시 후에 노인은 땀으로 범벅이 되어 돌아와서는 여자에게 수표 한 장을 내밀더군. 자기 이야기를 들어 줘서 고맙다는 표시라면서… 여자는 한사코 사양했지만 노인이 억지로 여자 주머니에 찔러 넣어 주고는 내일 다시 만날 수 있냐는 거 아니겠어. 여자는 어쩔 줄을 몰라 나를 쳐다보고, 나는 여자의 주머니에 들어간 수표 꼬리에서 시선을 떼지 못하고… 와중에 구둣방에서 다시 만나기로 하고, 언청이 여자와 나는 부지불식간에 동업자가 된 거야. 여자가 그날 받은 수표를 나에게 주고 갔거든.

다음 날 언청이 여자가 왔을 때 어제 그 노인네가 다른 노인네를 데리고 왔네 그려. 아, 그 닭은 구둣방에서 하룻밤을 보냈고 말이야. 척 봐도 돈푼 깨나 있어 보이는 인사였어. 언청이 여자는 전날과 마찬가지로 닭을 품에 안고 이야기를 들었어. 그리고는 자신이 들은 이야기를 그대로 들려주고, 그 인사는 전날 노인네가 찔끔거린 거보다 더 대성통곡을 하면서 자기 이야기를 듣더라고.

이상하지… 그냥 자기가 살아온 이야기, 다 알고 있는 이야기인데 다른 사람의 입을 통해서 다시 들었을 때는 다른가봐. 혀에 종기가 난 닭이 영험하다는 걸 안 믿을 수가 있었겠나. 언청이 여자도 기억력이 그리 좋은 편이 아니었고 사람들과 이야기 하는 것을 꺼리는 대인 기피증이 있는 사람이었거든. 그런 사람이 그 닭을 안고 있으면 신기를 가진 무당처럼 자기가 들은 다른 사람의 인생 이야기가 줄줄 나온다는 거야.

닭이 처음부터 혀에 종기가 있었냐고? 아니지… 언청이여자와 같이 사람들 살아온 이야기를 듣다 보니 어느 날부터 혀에 종기가 자라 목구멍까지 부어 소리를 내지 못하게 되었지. 그러든가 말든가 나는 신이 났어. 구둣방 수입으로는 먹고 살기도 빠듯한데 언청이 여자와 그놈의 닭 때문에 짭짤했거든. 뭔놈의 뒷방 노인네들이 그리 많은지, 무슨 할 이야기들이 그리 많은지 예약이 넘쳤어. 구둣방은 뒷전이고 이야기를 들어주는 게 본업이 돼버린 거지. 비밀스런 소문이 더 잘 퍼지는 것처럼 귀신같이 알고들 오는 거야. 언청이 여자도 가만 뜯어보면 밉지 않고 말이야.

근데 그놈의 닭을 왼종일 끌어안고 사는 바람에 어찌해보지도 못하고… 남이 살아온 이야기는 잘도 풀어내면서 자기 가족 이야기는 입 밖에 내질 않아서 당최 알 수 없는 여자였지. 수입이 짭짤해지니 내심 걱정이 되는 거야. 갑자기 여자가 안 나타나면 호시절도 다 가는 건데… 어쩌나… 그래… 억지로 여자를 들어앉혔네. 그럼 뭐하나, 그놈의 닭이 여자 옆에 얼씬도 못하게 하는 바람에 닭 쫓던 개 지붕 쳐다보는 격이 된 거지.

아무튼 여자의 거취가 확실해지니 마음 놓고 이야기 장사를 할 수 있었어. 밑천이 드는 것도 아니고 지들이 와서 지들 이야기를 하고 발음이 새는 언청이여자에게 그 이야기를 그대로 듣고 돈을 내고 가는 얼간이들은 끊이지 않았지. 한 일 년 호시절을 보냈지 아마… 자네 같이 이야기 좋아하는 사람이 언청이여자를 데려가기 전까진 말이야.

구둣방이 이야기 방으로 바뀌고 나서 주로 노인네들이 여자를 찾아왔는데 어느 날은 사십 좀 넘었을까 하는 젊은 양반이 왔어. 소설가라고 하더구만. 자신의 이야기보다는 다른 사람들의 이야기에 더 관심이 많다면서 여자에게 고객들과 이야기하는 것을 봐도 되냐고 묻더구만. 여자가 나를 보길래 고개를 저었지. 그 뒤로 작가 양반이 몇 차례 왔다 가더니 언청이 여자가 닭을 데리고 사라졌어. 약이 올라 죽겠지만 어쩌겠나. 나는 장소만 대줬지 무슨 계약서가 있는 것도 아니고 여자가 일하기 싫다고 하면 그만이었는데 어찌나 복장이 터지던지 며칠을 울화가 치밀어 못 살겠더라구.

나중에 들리는 소문에는 작가 양반이 인터넷이며 그런 거에 광고를 해서 여자에게 이야기를 하려고 전국에서 사람들이 몰려든다는 소리가 들렸어. 구둣방에서는 노인네들이 주고객이었다면 작가 양반이 언청이 여자를 데리고 가서는 젊은 치들은 물론 성별을 불문하고 이야기를 하기 위해 장사진을 이룬다는 거야. 이 세상에 자기 이야기를 그렇게 하고 싶어 하는 사람들이 넘치는 줄 몰랐어. 그리고 자기 이야기를 들으면서 자기가 막 울어. 그 짓을 하고 돈을 내고 말이지. 분명 고놈의 닭이 신기를 부린 거라 생각했지. 그래서 언청이 여자보다 그 닭을 훔쳐올 생각을 하게 됐어.

못하는 인터넷을 뒤져서 작가양반이 운영하는 '스토리'라는 사이트를 통해 예약을 했어. 일주일을 기다려서 찾아갔지. 여자는 고객의 이야기를 듣는 중이어서 작가 양반이 있는 곳에서 기다렸어. 작가는 사무실을 반으로 나눈 다른 쪽에서 모니터를 통해 모든 것을 보고 있었어. 물론 다른 사람은 거기에 못 들어가고 대기실에서 기다려야 하는데 나는 특별히 그 안에 들여보내 준거라더군. 그 사이 닭은 혀에 종기가 더 커졌는지 부리를 꼭 다물지 못하고 반쯤 벌리고 있었어. 언청이 여자는 여전히 발음이 세는 염소 같은 콧소리로 이야기를 하고 있고 말이야.

거기서 그만 내가 닭이 하는 말을 알아듣는다는 걸 알게 되었네. 갑자기 그렇게 되었어. 언청이 여자는 닭이 해주는 말을 그대로 따라 하고 있었던 거야. 종기 때문에 소리를 내지 못하지만 목구멍에서 골골거리며 말을 하고 있었어. 사람들이 살아온 이야기를 들을 때마다 혀 안의 종기가 커지는데 그것은 한 인생의 절망이 쌓이는 거라더군. 언젠가 종기가 목구멍을 막게 되는 날이 자기가 죽는 날이라는 거야. 그리고 나보고 하는 소리가 내가 닭이라는 거지 뭐야. 그래서 복날 구둣방으로 들어왔던 거고… 닭이 닭을 찾아왔던 거지. 왠지 살 것 같았어. 혀에 종기가 난 신기 있는 닭이 하는 말도 알아듣고 내가 닭이라는 것도 다 마음에 들고 말이야. 사람으로 세상을 살아가는 게 지겹기도 하고, 이제부터 닭이 되어보는 것도 나쁘지 않겠더군. 닭이 말하더구먼. 세상에 나가서 사람들의 이야기를 들어주고 이야기해 주라고 말이야. 자기는 혀에 난 종기가 더 부어오르면 기도가 막혀 죽을 날이 머지않았다면서….

자네 눈에는 내가 어떤 닭으로 보이나?

나는 갑작스런 질문에 당황했다. 자신이 닭이라고 믿으며 닭의 말을 알아들을 수 있다는 이 외계인의 말을 하마터면 믿을 뻔했다.

여기 사람들, 맞아. 병이 있지. 망상과 환각 속에 살아가는 사람들, 자신들의 망상과 환상을 나누며 세상과 다르게 살아가는 길을 택한 사람들. 자신들의 망상을 연기하는 사람들. 그 사람들의 세계를 보기 위해 여기 들어왔다는 것을 잠깐 잊고 있었다. 노인의 말은 그만큼 사실적이었다.

노인과 나는 다시 철조망 작업을 시작했다. 노을이 닭벼슬 빛으로 퍼지고 있었다. 노인이 닭 울음소리를 냈다. 목을 길게 빼고 목울대를 풍성하게 놀리면서 꼬꼬댁… 꼬꼬… 꽤… 액… 닭 무리가 노인이 소리를 듣고 모여 들었다. 집으로 돌아갈 시간이었다. 닭 무리를 울타리 안으로 몰아넣으면서 노인은 푸드덕거리는 날개 짓을 하며 닭들과 장난을 쳤다. 노인은 닭에게 말을 하고 닭들도 노인에게 말을 했다.

*

미팅 시간에 맞춰야 해서 뛰었다. 노인도 내 뒤를 따라 뛰어왔다. '하루'에 있는 동안 미팅은 빠지지 않고 참석해야 하는 규칙이 있다. 오후 미팅을 통해 아침 미팅 이후에 자신에게 어떤 일이 있었는지 어떤 문제들이 생겼는지 힘들었던 점이 무엇인지 남김없이 드러내야 한다.

아침 미팅 시간 이후에 태양계를 다녀왔다는 우주인 신뢰 병명을 가진 남자가 우주의 여러 행성을 다녀온 이야기를 하고 있었다. 그리고 싱글생글 병명을 가진 여자가 자작곡 노래를 음정 무시하고 불렀다. 그 자리에 모여 있는 사람들 모두 박수를 치고 서로에게 일어난 문제들에 대하여 들어주고 같이 웃었다.

하융이 로트렉, 로트렉 부르기 시작했다. 다른 사람들도 하융을 따라 로트렉을 연호했다. 나는 하융의 친구 로트렉이 되어 곱사등이 춤을 추었다. 키가 작으면 루저가 되는 세상과 달리 여기서 나는 예술가 로트렉이 되어 곱사춤을 춘다. 모두 나와서 춤을 추었다. 하나로 어울려 춤을 춘다. 빙글빙글. 하융이 나를 안고 돈다. 하융은 역시 로트렉을 좋아한다. 연심이… 맞아, 연심이는 어디 갔지? 연심이도 돌고 있다. 빙글빙글. 모두가 돌아간다.

하융이 산책을 제안했다. 하융은 단장을 짚고 나섰다. 이상이 짚고 다니던 단장과 똑같다. 하융은 무주의 맹시無意 盲視에 대해 말했다.

사람들은 자신들이 보고 싶은 것만 보느라 정작 중요

한 것은 놓치면서 살지. 실제 실험 사례가 있는데, 노란 운동복을 입은 사람들이 몇 번이나 공을 주고받는지 횟수를 세게 하는 영상을 보여 주고 사람들을 대상으로 실험한 결과 어떻게 나왔는지 아나? 반 이상이 중간에 고릴라가 나타나 가슴을 치며 지나간 것을 보지 못했다네. 왜냐하면 자신이 봐야 할 것은 공을 주고받는 횟수이기 때문에 고릴라의 등장 자체를 보지 못하는 것이지. 눈에 고릴라가 보여도 보지 못하는 그게 바로 사람들이야. 못 봤다는 것 자체도 모르는… 무주의 맹시… 고릴라는 어디에나 존재하지. 자네는 고릴라를 본 적이 있는가?

나는 이곳 사람들이 질문을 해오면 무슨 답을 해야 할지 몰라 난처할 때가 많다. 그러나 다행히 이곳 사람들은 상대방의 대답을 굳이 바라지 않는다. 하융이 한 손은 허리를 짚고 다른 손은 단장을 짚고 서서 이상처럼 말했다.

나는 매일 고릴라를 본다네. 다른 사람들이 보지 못하는 것들을 보지. 내가 쓴 시에 들어간 숫자들은 다른 세계에 있는 고릴라들의 표식이라네. 무주의 맹시에 갇힌 사람들은 절대 볼 수 없는 세계지. 그래, 로트렉, 자네는 이곳에서 무엇을 보는가?

또 질문이다. 내가 위장 잠입했다는 고백을 듣고 싶은 건가. 나는 화제를 바꾼다.

연심이는 어찌 됐나요?

연심이는 죽었네.

아니 좀 전까지 같이 춤을 췄었는데 무슨 말입니까?

자네, 무슨 말인가? 죽은 연심이가 부활이라도 했단 말인가?

아니… 심각증이 연심이와 닮았다고 아침만 해도 그림을 그렸잖아요.

난 원래 이곳 사람들의 얼굴을 그린다네.

연심이는 본래부터 없던 사람인가요?

자네, 혹시, 고릴라를 말하는 건가?

*

나는 매일 밤 이곳 사람들의 하루를 기록한다. 모든 이야기를 스펀지처럼 빨아들이는 이곳 사람들은 자신들의 병적인 망상과 환각이 평범하게 받아들여지는 이곳을 그들만의 천국으로 만들었다. 그들의 불합리하고 부조리한 의식들이 여과 없이 흘러나와 의식이 정화되는 순간, 더불어 그 욕망에 자극 받은 또 다른 욕망들이 생명력을 이어받는 것을 목도하는 순간들이 이곳에서 가능했다. 경계에 선 나는 천국의 문 안으로 발을 디뎌보고 싶은 순간도 있었다. 의식이 낭떠러지로 추락하는 느낌이 들 때, 속에서 분출하는 짐승 같은 울음소리가 터져 나올 때면 여지없이 무너진다. 그리고 부러운 것이다. 그들의 노출이. 그들의 노출 당함을, 순정한 병신 같음을.

기영태 할아버지가 말한 혀에 종기가 난 닭은 어찌 되었을까. 생각해 보면 기영태 할아버지는 사람들의 이야기를 잘 듣기도 하지만 자신이 들은 이야기를, 이야기를 한 당사자에게 들려주는 것도 잘한다. 그렇다면 혀에 종기가 난 닭이 할아버지에게 능력을 전수해 주고 '하루'에 있는 사람들은 할아버지의 이야기를 들으며 치유 혹은 자유를 찾는 것인가. 자신의 병신 같음을 병신 같음으로 절대 보지 않는, 병신이지만 서로가 병신임을 인정하는, 평범한 병신으로 인정받는 그들만의 이야기 방식들.

문득 노트를 내려다본다. 종이로 만들어진 표지는 보풀이 일어났다. 보풀을 손으로 쓸어 눕힌다. 나도 모르게 그녀의 손동작을 따라한 것을 알아차렸을 때는 생각이 넘어가버린 후였다. 그녀는 가죽이나 양장본으로 된 책과 노트를 싫어했다. 코팅이 된 표지도 꺼렸고 책장을 넘기기 힘들게 제본이 된 책도 마음에 들지 않아 했다.

그녀와 같은 강의실에 있기 위해 교차 수강을 한 나는 그녀를 사선으로 바라볼 수 있는 자리에 앉아 그녀가 머리를 쓸어 올리거나 귀 뒤로 머리카락을 넘기는 모습을 바라보았다. 그때 살짝 얼비치는 하얀 목덜미는 사정없이 아랫도리를 부풀게 했다. 시험 기간이면 목선이 그대로 드러나게 머리를 틀어 올렸는데 그런 날이면 그녀의 뒤에 자리를 잡고 목선 위로 몇 가닥 흘러내린 머리카락의 개수를 세곤 했다. 남자 친구와 나란히 앉아 책상 밑으로 손을 잡고 조물락대는 것도 보았고 껴안고 걸어가면서 키스하는 것도 보았지만 문제 될 것은 없었다.

학교 앞에 있는 그녀의 원룸 비밀 번호를 알아냈기 때문에 그녀가 없을 때는 언제든지 들어가서 그녀의 체취를 맡을 수 있었다. 그녀가 화사하게 웃는 모습이 갑자기 내 몸을 뜨겁게 만들거나 목덜미에 보송하게 일어난 솜털에 매료된 날이면 그녀의 방으로 달려갔다. 그녀의 체취가 배인 침대에 누워 그녀의 옷을 얼굴에 뒤집어쓰고 그녀에게로 달려간다. 그러면 그녀가 왔다.

목소리… 목소리… 그녀의 목소리가 들리고 번호 키를 누르는 소리가 들렸다. 다급해진 나는 옷을 뒤집어 쓴 채 침대 밑으로 들어간다. 두 사람의 발이 보인다. 조금 전에 그녀에게로 달려갔던 침대가 삐걱대며 들썩거린다. 들어본 적이 없는 그녀의 교성이 달짝지근하게 퍼졌다. 마치 나를 부르는 소리 같았다. 다시 들어보니 그녀가 나를 부르는 소리가 맞았다. 침대 밑에서 상체를 밀어 얼굴을 내민다. 남자 친구 위에 올라타서 몸을 뒤틀고 있는 그녀의 뒷모습이 보인다. 서서히 하체를 빼내어 침대 밑에서 빠져나온다. 그녀의 뒤로 가까이 다가섰다. 그녀의 출렁대는 머리채에 가려진 목덜미가 미치도록 보고 싶어지는 것이다. 가만히 손을 뻗어 그녀의 머리를 제치고 비밀스럽게 가려진 목덜미가 드러나게 했다. 나는 또 그녀에게로 달려간다. 그녀와 남자의 움직임이 일순 멈춤, 이윽고 비명, 벌거벗은 남자와 여자가 귀신을 본 것처럼 소리를 질렀다. 남자는 긴 다리를 가지고 있었다.

나는 여전히 그녀의 목덜미가 보고 싶다. 그녀에게로 다가갔다. 그녀가 남자의 뒤로 숨는다. 나는 남자가 거추장스럽다. 남자를 침대 밑으로 내던지고 그녀의 목을 손에 넣는다. 그녀의 몸이 흥분으로 바들바들 떨렸다. 여자의 목을 차지한 나 역시 흥분 상태다. 그녀의 목을 내려 누르자 목덜미가 드러났다. 사람을 홀리게 하는 하얀 목덜미를 손 안에 움켜쥐었다. 말랑한 감촉과 함께 그녀의 떨림이 느껴졌다. 남자가 밖으로 나가고 문이 닫히는 소리가 들렸지만 나는 그녀의 목덜미에 홀려 있었다.

나는 경찰이 들어오는 것도 모른 채 그녀의 목덜미에 얼굴을 묻고 있었다. 경찰이 양쪽에서 나를 결박하고 그녀에게서 떼어 냈을 때 내 짧은 다리를 보고 있는 그녀의 눈빛을 처음으로 보고 말았다. 그녀의 뒤만 보던 나는 그 눈빛으로 인해 다리가 불에 타는 것 같았다. 그녀에게 접근 금지 처분이 내려졌으나 난 여전히 그녀를 보고 느낀다.

이 노트는 그녀를 위한 것이다. 그녀가 이야기를 좋아한다는 사실만이 중요하다. 자신이 살아 보지 않은 삶을 동경하는 여자에게 가장 탁월한 선물이 될 것이다. 이 노트와 함께 혀에 종기가 난 닭만 있다면 그녀가 나에게 오지 않을까. 이곳을 나가면 혀에 종기가 난 닭을 찾는 데 전 존재를 걸어야겠다는 생각을 하고 있는데 밖에서 웅성거리는 소리가 들렸다.

주거동과 작업동 앞으로 펼쳐진 마당에 불이 환하다. 하늘에서 강력한 스포트라이트를 내려 쏘고 있는 것처럼 하얗게 눈부시다. 그 안으로 여자가 닭을 안고 걸어오고 있다. 양계장에서 닭들이 홰를 치는 소리며 울음소리가 갑작스럽게 들렸다. 여자가 품에 안고 있던 닭을 바닥에 내려놓는다. 닭은 양계장 쪽을 바라보면서 부우하고 소리를 냈다. 빈병에 입을 대고 바람을 불어 넣을 때 나는 소리와도 흡사하다. 닭이 다시 한 번 부우하고 소리를 냈다.

양계장에 있던 닭들이 달려 나온다. 떼로 몰려온다. 기영태 할아버지가 속옷 바람으로 뛰어나와 여자와 닭을 안고 빙빙 돈다. 여자가 웃는데 인중이 뭉개져 있다. 숙소에 있는 사람들이 잠옷을 입은 채로 나오기 시작하고 닭들과 엉켜든다. 산책로에서 어슬렁거리며 고릴라가 나타나서 가슴을 치며 빛 가운데로 다가선다. 잠옷을 입은 모습이 나비 같은 연심이가 고릴라와 춤을 춘다. 하늘하늘 하늘로 날아오른다. 하융이 단장을 치켜들고 닭들의 울음소리에 맞춰 지휘를 하고 있다. 싱글벙글이 코러스가 깔린 노래를 불렀다. 모두들 빙글빙글 춤을 춘다.

　하융의 목소리가 들렸다. 로트렉, 춤을 추게나. 곱사등이 로트렉이 고릴라의 길고 단단한 다리 옆에서 굽실굽실 춤을 춘다. 여자가 뭉개진 인중을 활짝 열어 제치며 염소와 춤을 춘다. 태양계의 행성 중에 하나가 날아와 우주인 신뢰를 태우고 날아다녔다. 사람들은 저마다 이야기를 하기 시작했고 언청이 여자도 이야기를 시작했다. 닭들도 이야기하고 혀에 종기가 난 닭도 이야기하고 지구멸망도 인간알레르기도 모두 이야기했다. 고릴라가 점점 많아졌다. 고릴라의 어깨에 사람들이 올라가 앉았다. 우울한 마녀와 왕따대마왕이 왈츠를 추며 마당을 가로지른다. 행성이 반짝이는 불빛을 내며 그 사이를 날아다닌다. 닭들이 날아오른다. 혀에 종기가 난 닭이 울었다. 혀를 막고 있던 종기가 튀어 나와 날아다녔다.

종기는 이야기에 녹아내렸다. 혀에 종기가 사라진 닭이 울었다. 움직임이 일시에 멈췄다. 하얀 빛 속으로 모든 것이 빨려 들어갔다.

이팝 식탁

사무실은 술렁이는 기대감 속에서 퇴근이 가까워지고 있다. 동료들은 나를 흘끔대다가 자신들만 공유하는 눈빛을 교환하거나 묘한 웃음을 떠곤 했다. 어떤 이유로든 그들에게 즐거움을 주는 대상이 나라는 것을 알고 있기에 제대로 즐기기를 바랄 뿐이다. 어차피 나는 그들에게 아무것도 아닌 존재였으므로 나로 인해 즐거운 다른 대상이 없다는 것이 무료라면 무료일까.

이팝 식탁

휴대폰이 울린다. 방금 전 격앙된 감정 그대로인 주인의 목청을 전해 주려는 듯 소리가 신경질적이다. 전화벨이 계속 울린다. 받지 않을 생각이었으므로 그대로 둔다. 그대로 둔다고 피해를 줄 사람이 곁에 있는 것도 아닌 나만의 공간에서 파르르 떨리는 휴대폰의 발악은 이제 K와는 완전하게 끝났음을 알려 줬다. 웃음이 나왔다. 웃음을 삼키다가 목에 걸려 발작적으로 터져 나온 웃음은 그칠 줄 모르고 이어졌다. 격렬한 웃음으로 허리가 결리면서 기침이 나왔다. 결리는 허리 부분을 손으로 누르고 다른 손으로 냉장고 문을 열어 생수를 꺼냈다. 뚜껑을 돌려 따는데 또다시 웃음이 시작되었다. 냉장고 앞에 퍼질러 앉아 작정하고 웃기 시작했다. 한 손에 들려 있는 생수병이 들썩대며 물이 조금씩 쏟아져 바지를 적셨다. 그 모습을 보고는 허리가 꼬부라질 지경으로 숨이 끊어지는 웃음으로 바뀌어 호흡이 곤란해져 컥컥대는 지경에 이르렀다. 휴대폰은 미친 듯이 울렸다. 휴대폰이 울리지 않는 잠깐 동안 웃음이 멈췄다. 다시 휴대폰이 팽이처럼 돌면서 휴대폰 소리가 끊어 넘치는 물처럼 파르락거리며 방을 메웠다. 숨이 넘어갈 듯한 웃음이 계속되었다. 방안의 공기가 점점 뜨거워지고 호흡이 불규칙하게 오르내리는 얼굴은 시뻘겋게 달아올랐다. 휴대폰은 폭발할 것 같다. 거친 숨소리가 실내 온도를 한층 높이고 있었고 나는 헉헉거렸다. 손에 들고 있던 생수병에는 물이 하나도 남아 있지 않았다.

목이 말라서 눈을 떴다. 몸을 일으키려는데 관절에서 우두둑 소리가 나더니 잠시 정지 상태가 찾아왔다. 몇 번의 동작으로 앉았을 때 눈앞을 가로 막은 것은 냉장고였다. 주방 바닥에 고꾸라져 잠이 들었던 모양이다. 흥건하게 고인 물 옆에 빈 생수병이 엎어져 있고 입고 있는 회색 바지는 젖은 부위가 마른 흔적인 듯 왼쪽 허벅지 부분이 희끄무레한 색으로 바래 있었다. 다른 것은 변한 것이 없었다. 모든 것이 그대로였다. 단지 목이 뻑뻑하니 아렸다. 간밤에 웃음이 멈추지 않았던 기억을 떠올리자 돌연 입가에 싸늘한 웃음이 피어올랐다 사라졌다.

　욱신거리는 몸을 길게 늘이면서 욕실로 향했다. 바닥에 굴러다니던 생수병이 발에 밟혔다. 거울에 비친 얼굴은 거뭇거리는 수염이 올라와 지저분해 보였다. 버석거리는 마른세수를 하고 칫솔 살균기의 커버를 들어올렸다. K의 보라색 칫솔이 노란색 내 칫솔보다 앞자리에 걸려 있다. K의 칫솔을 꺼내 쓰레기통에 처박는다. K가 좋아했던 허브향의 치약을 노란 칫솔에 오른쪽으로 길게 짜고 다시 연결시켜 왼쪽으로 다시 오른쪽에서 왼쪽으로 반복하면서 치약을 끝까지 짜낸다. 세면대 바닥에 초록색 치약이 뚝뚝 떨어져 쌓였다. 치약의 끝에서부터 둥글게 말아 위로 올려 마지막까지 짜내고 쓰레기통에 던진다. 칫솔 위에 쌓여 있는 치약을 입안에 넣고 오래도록 양치질을 했다. 거울 속에 비친 볼은 미어지고 입 주변에는 초록 거품이 흐른다. 혓바닥을 꼼꼼하게 쓸어내리고 혀뿌리 깊숙이 칫솔을 밀어 넣어 목구멍 안쪽까지 닦아냈다. 헛구역질이 났다. 미련 없이 토하기 시작했다. 신물이 넘어오는 입을 물로 헹구고 까슬한 얼굴을 비볐다. 수염이 억세게 올라와 있다. 쉐이빙 폼을 넉넉히 바르고 면도를 시작했다. 나는 면도하던 손을 멈추고 반쪽은 면도를 하고 반쪽은 쉐이빙 폼을 바른 얼굴이 거울에 비치는 것을 생소하게 쳐다봤다.

K는 전기면도기를 사용하지 않고 항상 크리스찬디올 향수를 한 방울 떨어뜨린 쉐이빙 폼으로 면도를 했다. 나도 모르게 쉐이빙 폼에 향수 한 방울을 떨어뜨린 것을 기억해 냈다. 세이빙 폼 병을 쓰레기통에 버렸다. 사기로 만들어진 병은 쓰레기통 바닥에 닿으면서 깨졌다. 크리스찬디올 향수병도 쓰레기통에 처박았다. K의 바디 워시, 스킨, 로션, 헤어 젤이 차례로 쓰레기통으로 떨어졌고 욕실 안은 뒤엉킨 화장수에서 나오는 독한 향기로 가득했다. 눈이 시렸다. 나는 면도를 마치고 매끈한 얼굴을 두 손으로 두드렸다. 입술 끝이 살짝 올라갔다. K의 웃음이었다.

*

휴대폰이 사라졌다. 출근하고 나서야 휴대폰이 없어진 것을 알았다. 대각선으로 앉아있는 K를 바라보았다. K는 피곤해보였다. 나와 눈이 마주치자 입술 한쪽이 올라가며 설핏 웃음기가 피다 말았다. 눈이 충혈된 것이 잠을 못 잔 눈치다. K가 내 휴대폰을 가지고 있을 것이다. 전화를 받지 않는 나에게 화가 나서 홧김에 휴대폰을 가져간 것이 분명하다. 그때서야 아파트 걸쇠를 걸어 놓지 않았던 것이 생각났다. 비밀 번호도 바꿔야겠다. 뭔가 의미심장하게 버석한 저 얼굴. 밤새도록 내 휴대폰을 뒤지고 검사하느라 잠을 못 잤을 것이다. 전에도 그런 적이 있었다. 그까짓 휴대폰 다시 사면 그만이다.

오전 기획회의 프레젠테이션 준비로 사무실 안이 부산스럽다. 발표를 담당한 K는 피곤한 안색을 하고 모니터에 집중하고 있다. 발표 자료와 타이밍을 맞추는 연습을 하고 있을 것이다. 상반기 업무 결산 보고와 하반기 기획안을 동시에 소화해야 하는 형식적이고 늘 하는 일이긴 하지만, 이번에는 사장이 직접 참석하기 때문에 업무 부진에 따른 실손에 대한 장황한 연설이 이어질 것이다. K는 과장에게 프레젠테이션을 준비하라는 지시를 받고 나에게 결산 보고서와 부서별로 올린 기획안 중에서 통과된 기획안을 넘겨주었다.

K는 그동안의 프레젠테이션을 통해 특정한 데이터를 강조하거나 그래프의 세부적인 모양이나 표현 방식에 독특한 나만의 방식을 인정하는 터라 이번에도 나에게 일임했다. 전반적인 경기 침체와 회사 내 수익 하락이 지속되는 시점에서 위기를 느낀 사장이 마음먹고 참석하는 자리인 만큼 부담스러울 수도 있으나 K는 논리적이면서도 상대를 압박하지 않고 자신이 원하는 대로 상대를 설득하는

머리와 언변을 가졌다. 사람들 앞에 나서면 한마디도 못하는 말더듬이인 나와는 반대로, 덕분에 이 회사에서 만년 대리로 퇴직하게 될 것이겠지만, K는 이미 부장이었고 사람들과 이야기하는 것을 즐기고 남을 배려하는 씀씀이나 유쾌한 성격 탓에 회사 내에서 인기도 많고 성실함을 인정받아 승진이 보장되어 있었다. 나는 컴퓨터에 코를 박고 일하느라 입을 열일은 거의 없는 데다가 나에게 어떤 질문도 하지 않는 컴퓨터 앞에서만이 편했다. 내 마음대로 세상을 조종할 수 있는 모니터 앞에 있는 시간이 많아졌다. 결과적으로 분석, 기획 등에서 회사 내 최고라는 인정 아닌 인정을 받게 되었지만, 승진 가능성이 없는 나에게 어떤 목적이 있었던 것은 아니다. 단지 사람들과 섞이고 싶지 않은 불편한 심정에서 시작된 일중독일 뿐이었다. K가 모니터에서 눈을 떼자 나와 눈이 마주쳤다. 나는 당황해서 얼굴을 돌린다. 내가 줄곧 K를 보고 있었던 것이다. 배가 찌르르거리며 쑤셨다.

*

　K가 나와 생활하게 된 것은 순전히 회식 때문이었다. 그날 따라 삼겹살이 아닌 소고기를 메뉴로 한 자리여서 모두들 기분 좋게 흥분한 상태였고 젓가락질이 바빴다. 석쇠 위에 있

는 고기를 집어갈 때 다른 사람의 젓가락이 스치거나 집었다가 도로 놓은 것, 집게가 아닌 자신이 먹던 젓가락으로 고기를 뒤집었을 때 닿았던 고기를 눈여겨보았다가 그것들을 제외하고 먹으려니 입맛 짧은 사람으로 비치기 십상이었다. 다른 반찬도 마찬가지여서 다른 사람의 젓가락이 닿은 반찬을 눈여겨 보았다가 먹지 않았다. 회식은 자주 있었고 늘 불편했다. 알지 못할 병균을 가진 사람들이 입을 대었던 술잔을 입에 가져가는 것도 무시무시한 일이었다. 어쩔 수 없이 술을 마셔야 할 경우, 입술에 잔이 닿지 않게 털어 넣었고 그 행동이 자못 비장하게 비춰져서 아예 술을 못 마시는 사람으로 간주되어 나에게 술을 권하지 않게 되었다. 사실 주변의 흥이 깨지는 것을 막기 위한 그들 나름의 강구책이었다. 빈 술잔을 앞에 두고 아무 말 없이 자리에 앉아 있는 나에게 입사 동기가 어깨를 툭 치며 말을 걸었다. 웬만해서는 나에게 말을 거는 일이 드물었다. 회사 내에서 나는 일 중독자에 자신들과 식당에서 점심을 먹지 않고 도시락을 싸 오는 것도 결벽증 환자라는 둥, 기획안의 달인처럼 척척 결과물만 내놓을 줄 아는 괴물에다 좀팽이에 버벅거리는 찌질이라고 뒤에서 비아냥거림을 당했다. 그래서 좋았다. 말을 더듬거리거나 얼굴이 벌개지는 찌질이라고 씹어대는 즐거움을 그들에게 준 대신 나는 평온함과 혼자만의 시간을 벌 수 있었으니 말이다. 말을 거는 동료들이 거의 없다시피 하자 상사가 지시하는 업무 처리에만 집중할 수 있었다. 동료들이 실컷 찧고 까불어대기 좋으라고 회식 자리에는 되도록 빠져 주었다. 그날은 내 기획안에 대한 성공을 축하하는 자리이며 부서 격려금까지 나온 터라 억지 웃는 낯으로 동료들이 나를 끌고 갔던 것이다. 그런데 질 좋은 소고기 안주에 술이 들어가자 나에 대한 정보가 무뎌져 버렸는지 불쑥 질문을 해댔다.

최 대리, 애인 없어? 얼굴도 이만하면 봐 줄 만하지, 능력 있겠다, 최 대리가 좋아하는 여자는 어떤 스타일인지 궁금하네. 얼굴이 벌게진 입사 동기의 입은 기름기가 번들거렸고 뭐가 좋은지 내 어깨를 툭툭 쳐 가며 연신 웃어 댔다. 입가에 기름기가 번질대는 것과 내 몸에 다른 사람 피부가 닿는 것을 끔찍이 싫어한다는 것을 그들은 몰랐다. 동기가 두드린 어깨를 거품 내서 씻어내고 싶은 생각이 간절해지면서 샤워가 하고 싶어졌다. 불편하고 지저분한 자리에서 빠져나가고 싶지만 술기운을 빌어 노골적으로 타인의 사생활을 엿듣고 싶은 저열한 욕망의 눈들은 항상 끈질겼다. 주변에 앉아 있던 사람들, 멀리 떨어져 앉아서 테이블이 갈린 자리에 있던 사람들까지 나를 쳐다보고 있었다. 그것이 궁금해 죽겠다는 표정들을 하고서. 나는 이미 손 안에 땀이 고여 있었고 얼굴은 물론 귀까지 벌겋게 달아올라 있었다. 그럴수록 사람들의 얼굴은 승자의 여유를 띠고 있었다.

여러 사람들이 동시에 나를 쳐다보는 것에 멀미가 났다. 이 상태에서 말을 하면 더듬거리게 될 것이 분명한데 그냥 쓱 웃고 말 것인지, 죽기 살기로 더듬거리지 않고 뱉을 수 있는 단음절로 된 단어를 생각해 내야 하는지 머릿속이 복잡하게 웅웅대고 손바닥에서는 땀이 뚝뚝 떨어져 바닥에 흘렀다. 바지춤에 손바닥을 쓸어 내며 손을 떨고 있다는 것을 알아채고는 그냥 쓱 웃어버리기로 했다. 잠시 정지 상태로 나를 바라보던 동료들이 자신들의 짐작대로라는 표정으로 서로 시선을 교환했다. 뭔가 비밀스런 논의가 오간 사람들의 눈짓이었다. 비밀을 공유한 친밀함과 비밀에서 제외된 사람에게서 오는 우월함을 즐기려는 활기찬 공기가 느껴졌다. 고기 굽는 냄새가 역하게 풍겼다. 그때 K가 시원하게 웃으며 내 앞에 놓인 개인 접시에 소고기 한 점을 놓았다. 사람들 싱겁기는, 최 대리처럼 잘생긴 남자를 여자들이 가만히 놔두겠어. K가 또 한 점의 고기를 집어 내 앞으로 놔주면서 말했다. 이어서 자신의 술잔에 있던 술을 마시고 그 잔을 나에게 내밀며 술을 가득 따라 주었다. 그리고 비어 있던 내 술잔을 자기 앞으로 가지고 가서 술을 채우고 내 술잔에 부딪치면서 앞으로 잘 부탁해. 라며 입에 털어 넣었다. 나는 술잔을 들고 접시에 놓인 고기 두 점에서 눈이 멈췄다. 가슴이 뻐근했다. 나는 K 의 침이 묻어 있을 술잔을 입으로 가져갔다.

사무실은 술렁이는 기대감 속에서 퇴근이 가까워지고 있다. 동료들은 나를 흘끔대다가 자신들만 공유하는 눈빛을 교환하거나 묘한 웃음을 띠곤 했다. 어떤 이유로든 그들에게 즐거움을 주는 대상이 나라는 것을 알고 있기에 제대로 즐기기를 바랄 뿐이다. 어차피 나는 그들에게 아무것도 아닌 존재였으므로 나로 인해 즐거운 다른 대상이 있다는 것이 위로라면 위로일까.

저 병신 오늘 갈까?

분위기 잡칠 일 있어. 저런 찐따한테 우리가 발리는 게 말이나 되냐.

그러게, 병신 염병하는 재주 있다고 기획안은 끝내주잖아.

벙어리도 아닌데 입에 곰팡이 슬지 않나 몰라.

부장이 저번처럼 챙기고 든다고 눈치 없이 오는 거 아니겠지?

설마, 찌질해도 눈치는 있던데.

그들이 주고받는 대화 속의 병신인 나는 변기 위에 얌전히 앉아 누군가에게 또 즐거움을 주고 있다. 집 밖에서는 웬만해서 화장실 변기 사용은 하지 않는 편인데 아침 메뉴 중의 하나인 요거트를 너무 차게 먹은 탓인지 오전 내내 배가 아프기 시작하더니 참기 힘든 지경에 이르렀다. 블루베리를 넣어 만든 요거트는 K가 즐겨 먹던 음식으로 아침 식탁에 빠지지 않는 메뉴였다. 1000ml 유리 용기에 가득 만들어 놓은 요거트를 혼자서 다 먹어치웠다. 우유에 유산균을 섞어 따뜻하게 발효되는 기다림, 발효된 우윳빛 요거트에 블루베리 과즙이 섞여 드는 매혹적인 색채의 시간들이 바닥에 눌어붙어있었다. 바닥이 난 유리그릇을 보고서야 다 먹었다는 것을 알아챘다. 그것은 나의 부주의였지만 누군가 나를 자근자근 씹어 대는 즐거움을 정확한 육성으로 전해 듣는 것으로 그들에게 확실한 위로를 주고 있다는 것을 확인하는 순간이기도 했다. 사무실 언어와 사무실 밖 언어가 명확히 구분되어 있는 그들의 말은 유행에 따라 변하는데 병신이라는 말은 시대와 세대를 초월해서 건재함을 뽐내고 있었다. 휴대폰이 울렸다. 그들의 대화는 중단되고 통화소리가 멀어지면서 화장실은 비었다. 이제 그들은 회식 자리로 이동할 것이다. 나는 화장실 안에서 사무실이 텅 빌 때까지 있을 예정이다. 그들이 나를 안주 삼아 씹어 댈수록 나는 그들에게 사는 재미를 줬다는 위로에 휩싸인 채 구원에 이르게 될지도 모른다는 공상을 하면서 말이다. 갑자기 지린내인지 누린내인지 분간할 수 없는 냄새가 풍겼다. '이 냄새 정말 싫다'

는 생각과 함께 화장실 안의 공기가 순식간에 오염되는 느낌이 들면서 귓속으로 분명하게 들어차는 말, 병신 새끼, 병신 새끼.

나에게 병신이란 소리를 가장 많이 한 사람은 아버지였다. 아버지에게서는 누린내가 났다. 말을 조금만 해도 양쪽 입가에 허연 거품이 생겼고 욕설을 퍼부을 때는 거품이 커졌다. 거품과 침이 동시에 입에서 튀어나오는 것은 매질이 시작된다는 신호였다. 병신 새끼로 시작한 이유 없는 욕설과 구타는 전신을 훑었다. 망치 같은 주먹질이 머리에 집중되자 중심을 잃고 쓰러졌다. 귀에서 윙하는 소리가 지속되더니 소리가 사라지기 시작했다. 아버지의 참기 힘든 욕이 들리지 않았고 벙싯거리는 입만 공중에 떠 있었다. 고요했다. 발길질과 구타는 계속되고 있었지만 나는 고통을 느끼지 못했다, 감각은 사라지고 충만한 고요가 전신을 휘감았다. 하늘에서 한 줄기 빛이 내려왔다. 빛 속에서 천사가 나타나서 쓰러진 내 몸을 어루만져 주었다. 천사의 손길은 나를 행복하게 만들었다. 미소가 번졌다. 미소는 웃음으로 바뀌었다. 아버지의 얼굴이 험악해지고 발길질이 빨라지는 것이 보였다. 나는 소리 내서 웃고야 말았다. 정신을 잃는 순간에 천사는 사라지고, '병신 새끼, 죽어라, 이 잡종 새끼야.'라는 소리가 토막토막 끊겨서 들렸다.

정신을 차리고 일어났을 때 아버지는 고기를 구워 먹고 있었다. 개다리소반 위에 기름이 엉기기 시작하는 돼지고기 몇 점과 술병이 보였다. 얻어맞은 것도 잊은 채 침이 꿀떡꿀떡 넘어갔다. 아버지는 두툼한 입술에 기름기를 묻히고 잔에 가득 채운 술을 목젖이 늘어지게 쏟아 붓고는 고기 한 점을 집어먹었다. 곧이어 찾아올 악몽에도 불구하고 내 뱃속에서는 꼬르륵 소리가 요동쳤고 입가에 침이 흘렀다. 아버지는 거의 매일 고기를 구워 먹었고 술을 마셨다. 고기를 먹은 후에는 남아도는 기운을 시험한다고 나를 때렸다. 나는 고기 굽는 냄새가 나면 오줌을 지리고 턱이 빠질 정도로 떨었다. 아버지는 그런 나를 보고 기름기가 번질거리는 입으로 '병신, 지랄하네'를 시작으로 바지를 내리면서 다가와 내 몸 위로 오줌을 쌌다. 오줌에서 누린내가 났다. 오줌에 젖은 내 몸은 아버지가 먹은 고기 기운이 빠질 때까지 구타를 당했다. 나는 어느새 웃고 있었다, 웃음소리는 점점 커지고 그 소리가 하늘에 닿기를 바랐다. 도망간 어머니든 천사든 누구라도 내 웃음소리를 듣고 나를 데려가 주기만 한다면 좋겠다는 생각이 들었다. 아버지는 굶주린 나를 때리고, 나는 웃었다. 웃음이 멈추지 않았다.

*

    변기 물 내리는 소리가 들렸다. 화장실 안에 혼자만 있었던 것이 아니었다. 순간, 내가 웃고 있다는 것을 알았다. 웃음소리에 놀란 누군가가 급하게 물을 내렸으리라. 지금쯤 회식 장소로 다들 옮겼겠지. 지금 나가서 누군가와 마주친다 해도 서둘러야 했다. 오늘밤 집으로 쳐들어올 것이 분명한 K를 대비해서 아파트 비밀 번호도 바꿔야 하고 휴대폰 대리점에도 들러야 한다. K가 내 휴대폰을 아직 가지고 있다. K가 내 휴대폰을 수시로 가져가는 통에 나는 휴대폰 두 대를 사용한다. 어제 내가 잠든 사이에 K가 가져간 휴대폰에 있는 통화 기록과 메시지는 K와 주고받은 것뿐이다. 변기 위에 앉은 채로 주머니에서 휴대폰을 꺼냈다. 역시 통화 기록과 메시지, 카톡 모두 K와 주고받은 것이었다. K가 아닌 다른 사람이 전화를 걸어온 기록도, 카드사에서 보내온 메시지를 제외하고는 나에게 전화를 걸거나 메시지를 보낸 사람은 K가 유일했다. K가 가져간 휴대폰도 나에게 남아 있는 휴대폰도 결국 K의 흔적뿐이다. K가 가져간 휴대폰은 찾지 않을 생각이다. 휴대폰이 하나밖에 없다는 것이 허전하고 불안해지기 시작했다. 아파트 상가에 있는 단골 대리점에서 하나 구입해야겠다. 갑자기 마음이 급해져 변기에서 일어났다. 변기 위에 변기 모양대로 깔려 있던 휴지가 딸려 올라왔다. 화장지를 뜯어 겹쳐 들고 변기에 손이 닿지 않게 조심하면서 변기 위에 두껍게 깔아 두었던 휴지들을 쓰레기통에 던졌다. 다시 휴지를 뜯어 오른 손에 쥐고는 화장실 손잡이를 비틀어 열고 나왔다. 세면대에서 물을 틀어 놓고 비누 거품을 내어 한참 손을 씻었다. 거울 속에는 불행이 스민 어두운 얼굴에 신경증적인 눈매와 얇은 입술 선을 가진 사내가 있었다. 종이 타월로 젖은 손을 톡톡 두드리고 한 손에 타월을 감아쥐고 화장실 입구 문손잡이를 밀고 나왔다.

겨울로 접어드는 찬바람에도 거리는 휘황했다. 상가 전체가 번쩍거리는 성채 같았다. 일층 코너에 있는 대리점은 전면이 유리로 되어 있어서 안이 훤히 들여다보였다. 내가 휴대폰을 구입하거나 서비스를 받을 때 친절하게 대해 주던 직원이 보였다. 사회 초년생 같은 앳된 얼굴과 왜소한 체격을 가진 그 애를 처음 본 날이 기억난다. 간혹 더듬거리고 얼굴이 빨개지면서 휴대폰 기능에 대해 설명하던 모습은 과하게 친절하게 따라붙는 다른 직원에 비해 편했다. 그날이 첫 출근 날이었고 그 애에게 나는 첫 손님이었다는 말을 나중에 들었다. 나는 단골손님이 되었다. 그 애는 내가 휴대폰을 두 대 사용하는 것과 서너 달에 한 번씩 휴대폰을 구입한다는 것도 알았다. 그것이 그 애에게 많은 도움이 된다고 했다. 그 애는 이제 더듬거리지도 않았고 얼굴이 시도 때도 없이 빨개지지도 않았지만 그래도 어리고 순수했다. 이상한 것은 그 애랑 있을 때면 내가 더듬지 않고 얼굴이 빨개지지도 않는다는 점이다. 사장과 말 많은 직원은 저녁 먹으러 나갔는지 그 애만 컴퓨터를 들여다보고 있었다.

팔꿈치를 이용해서 유리문에 손이 닿지 않게 밀었다. 문에 달린 종이 소리를 내며 문이 열리자 그 애가 활짝 웃으며 반긴다. 나도 웃어 주었다. 다른 사람을 바라보며 웃는 것이 어색했다.

왜 혼자 있어요?

사장님이랑 형은 식사하러 나갔어요.

저녁 먹었어요?

저는 김밥 한 줄로 때웠어요.

나는 그 애에게 근사한 저녁을 사주고 싶다는 말 대신 "휴대폰 하나 주세요."라고 했다. 사장이 자리에 없으니 표정이 밝아 보인다. 사장은 손님 곁에 딱 달라붙어 끝까지 물고 늘어지는 말 많은 직원에 비해 어리숙한 그 애를 못마땅해 하는 눈치였다. 그 애는 신이 나서 진열장에서 최신 폰을 꺼내는 중이다. 나는 그 애에게 맛있는 밥을 지어 주는 상상을 한다. 입술선이 얇은 그 애가 좋아하는 음식은 어떤 걸까. 병균덩어리인 음식점에서는 맛볼 수 없는 품위 있는 맛을 그 애에게 알려주고 싶다.

고객님, 최신 기종인데 어때요?

그 애가 해말쑥한 표정으로 휴대폰을 진열대 위에 늘어놓았다. 특별한 손님에게 취하는 말투와 태도로 최선을 다하고 있는 그 애의 입술이 쉬지 않고 움직였다. 분명 기종에 대한 설명을 하고 있을 텐데 목소리가 들리지 않았다. 가늘고 얇은 그 애의 입술은 내 요리와 잘 어울릴 것 같다.

종소리가 요란하게 울렸다. 생각에서 빠져나온 나는 주변을 둘러보았다. 그 애의 목소리가 들렸다. 계속 설명을 하고 있었던 모양이다. 사장과 직원이 다가왔다. 연기에 그을린 고기 냄새가 공기 중에 퍼졌다. 사장은 나를 보자마자 '사장님 오셨습니까.' 급 반색을 하며 영업용 멘트로 들어섰다. 사장의 뻔한 상술 언어와 직원의 끊임없는 말의 홍수 속에서 그 애와 나는 멈칫거렸다. 나는 그 애가 주눅이 들었다는 것을 알아챘다. 홀대 받은 사람은 홀대 받는 사람을 알아보는 법이다. 사장의 눈빛은 경멸을 담고 있었으나 입으로는 매상을 올려 주는 손님에게 아부하는 말을 늘어놓았다. 흔한 일이었다. 다들 속으로는 병신 새끼라는 말을 되뇌고 겉으로 웃었지만 나는 그 소리가 들렸다. 병신 새끼, 병신 새끼. 나 역시 얼굴이 빨개지고 더듬거리기 시작했다. 그 애를 쳐다보면서 '그걸로 하지.' 한 마디를 더듬거리며 뱉었다. 주눅이 들어 있던 그 애의 얼굴이 일시에 환해졌다. 사장의 입가에 조소가 피었다 사라지는 것을 보았다.

사장의 조소는 가끔 아버지가 나를 때리지 않을 때 보이는 것과 비슷했다. 아버지는 병신 새끼만큼이나 잡종 새끼라는 욕을 입에 달고 살았는데 잡종 새끼를 내뱉을 때는 눈을 희번덕거리며 살기가 돌았고 구타가 더 심했다. 나는 맞으면서 아버지 핏줄이 아닌 것에 유일한 긍지를 가지려고 노력했다. 아버지 핏줄이 아닌 나를 낳고 떠난 어머니는 어떤 사람일까. 나는 더 이상의 말없이 계산을 치른 후 휴대폰을 들고 대리점을 빠져나왔다. 상가 맞은편에 있는 갈빗집에서 고기 굽는 연기가 새어 나와 거리를 휘젓고 다녔다.

*

현관 비밀 번호를 바꾸고 늦은 저녁을 준비했다. 내 음식 철학은 아무리 배가 고파도 품위 있는 식탁을 차려야 하고 그런 사람만이 품위 있는 음식을 먹을 권리가 있다는 것이다. 붉은 돔을 네 토막으로 자르고 약간의 소금과 레몬에 재워 두고 살사소스 재료를 손질했다. 토마토를 얇게 저미고 붉은 양파는 각지게 썰었다. 바질과 박하를 잘게 썰어 오늘 요리의 환상적인 매운맛을 내 줄 할라피뇨 페퍼를 잘게 다져 두꺼운 팬에 모든 재료들을 섞었다. 토마토 박하 살사소스가 완성되는 동안 밑간 해놓은 돔을 기름 두른 프라이팬에 올려놓고 겨자와 굵게 빻은 검은 후추를 뿌리고 돔이 완전히 익을 때까지 구운 다음 준비해 둔 살사소스를 돔 위에 뿌리고 박하를 고명으로 얹었다. 토마토 박하 살사소소를 곁들인 멕시코 고추로 양념한 붉은 돔 요리가 완성되었다.

오늘은 매운 음식이 당기는 날이라 특별히 매운 생선 요리를 선택했다. 그동안은 K가 좋아하는 육류 요리를 자주 했기 때문에 샐러드가 풍성해야 했고 자연스럽게 샐러드에 곁들이는 다양한 드레싱을 만들 수 있게 되었다. K는 오리엔탈 드레싱을 좋아했다. 고추냉이를 좋아하는 K를 위해 고추냉이를 두 배로 첨가한 비율로 맞춤식 드레싱을 만들어주면 코를 찡긋거리며 행복한 표정으로 먹었다. 고기는 요리 종류에 따른 부위를 최상 등급으로 필요한 만큼만 구입했고 소스와 드레싱은 그날의 메뉴에 따른 고기와 채소에 맞춰서 만들었다. 모든 음식이 그렇지만 바로 만들어야 제대로 된 고기와 채소의 향을 즐길 수 있다. 식사를 마치고 와인을 따르는 순간, 비어 있는 앞자리에 눈이 갔다. K의 의자.

K는 저 의자에 앉아서 내가 만든 모든 음식을 먹었고 모든 것을 이야기했다. K를 위해 준비한 음식을 같이 먹을 수 있는 공간. 세상의 중심인 우리들만의 집이었다. 세상에서 그날 하루만 존재하는 음식의 맛은 대화를 깊어지게 했다. K와는 대화가 끊이지 않았다. 새벽이 찾아들 때까지 이야기를 나누었고 서로의 신뢰는 견고했다. K는 항상 모든 것을 말했다. 숨길 것도, 이야기하지 못할 것도 없다는 것이 그의 지론이었다. 그것이 K의 진심이었다는 것을 안다. K는 어젯밤, 알 수 없는 소음과 함께 전화를 걸어왔다. 근처에 있는 누군가가 전화를 하는지 낮은 목소리가 소음에 섞여 들렸다.

　나, 오늘 결혼할 여자랑 같이 있을 거야. 내가 너한테는 숨기는 게 있으면 안 되는 거잖아. 우린 모든 것을 같이 나눴고 행복했어. 난 말이야 너뿐이야. 근데 왜 그러냐고? 내가 결혼해도 우리 관계는 달라지는 거 없어. 형식적인 거야. 이 여자는 나랑 결혼해서 부인이 되는 거고 너는 너야. 변하는 건 없어.

　나는 고개를 끄덕거리며 휴대폰에 귀를 바짝 갖다 댔다. K의 말은 다 진심이었다. 변하는 건 없다. 침통한 목소리와 울음을 참는 듯한 흐느낌이 들려올 때마다 심장이 조여 왔다. 전화가 뚝 끊겼다. K로부터 전화가 다시 걸려오기까지 몇 초간 내 심장은 갈라져 불이 튀어나왔다. K와 보냈던 시간들, 전적으로 K에게 바쳐진 내 시간. 전화벨 소리가 모든 공간과 사물에 울려 퍼졌다. 아파트 안을 가득 채운 울림은 내 몸을 떨게 만들었다. 전화기를 낚아챈 손이 심하게 떨렸다. 전신이 부들거리고 입술에 경련이 일었다. K가 말하기 전에 내가 먼저 말을 쏟아냈다.

K, 나한테 꼭 그 말을 해야 했니. 그 여자하고 같이 있다는 보고 필요 없잖아. 뭐든 숨기지 않고 다 말했다고 하면 끝나는 거야?

K의 깊은 한숨이 들렸다. K는 분명 왼손으로 이마를 문지르고 있을 거였다. K가 난처하거나 미안할 때 하는 행동이다. K가 숨을 깊게 들이쉬고 내뱉으면서 말했다.

난 평소대로 한 것뿐이야. 우리, 밤마다 그날 있었던 일들, 사소한 것까지 이야기했었잖아. 매일 반복됐던 일이고 그 반복의 하나일 뿐이라고 생각했어. 그래, 너 마음 아플 거라는 생각도 했어. 그렇다고 너에게 말하지 않는 무언가가 생긴다는 것은 상상도 할 수 없었거든. 우린 이미 길들여져 있어서 내가 너에게, 네가 나에게 말하지 않는 일이 있어서는 안 된다고 생각했어.

나는 더 이상 들을 수가 없었다. 궤변일 뿐이다. 귀에 닿는 휴대폰은 뜨겁게 달아 폭발 직전이었다. 귀가 뜨거웠다. 순식간에 다른 휴대폰으로 K에게 전화를 했다. 통화중임을 알리는 멘트가 시작되자마자 종료 버튼과 재발신을 눌렀다. 연결음이 더디게 이어졌다. 연결음 소리에 따라 심장이 벌떡거렸다. 심장 소리가 커질수록 감정은 복받쳐 올랐고 분노에 이르렀다.

K, 내가 할 수 있는 모든 것을 했어. 나 만나서 위로 많이 받았잖아. 너는 왜 나를 위로해 주지 않는 거지? 단 한 번만이라도 나에게 위로가 돼 줄 수 없었어? 너도 똑같아. 다, 나한테 위로 받기만을 원하고 결국 떠나 버려. 왜 이러는지 몰라? 지금 이 순간, 위로를 받아야 하는 사람은 바로 나야, 나. 내가 위로 받아야 할 사람이라고.

나는 어느새 목이 터져라 소리를 지르고 있었다.

이제 끝내자. 더 이상은 못하겠다. 나도 위로라는 거 한 번쯤 받아도 되는 거 아니야. 내가 너에게 줄 수 있는 위로는 여기까지야.

K는 말이 없었다. 이마를 문지르며 충격을 수습하지 못해 안절부절못하고 있을 것이었다. K에게 화를 낸 것도 언성을 높인 것도 처음이었다. 우리의 시간이 끝나고 있었다. K의 숨소리가 거칠어지더니 격노한 목소리로 변했다.

너 여태껏 가만히 있다가 이제 와서 뭐야. 누가 누구에게 위로를 주었다는 거야. 지금 너만 손해보고 너만 베풀었다는 얘기잖아. 그렇게 억울했으면서 왜 이제야 말하는 거지? 정말 질리게 만든다. 난 너한테 아무런 죄책감 없어. 다 말했으니까.

순간, 나는 웃음이 터졌다. 다 말하면 되는 거라니. 허리가 뒤틀리도록 웃다가 침을 흘리고 잠이 든 날들. K, 너는 나한테 그러면 안 되는 거였어.

*

K는 아직 회식이 끝나지 않았는지, 동료들에게 잡혀있는지 소식이 없다. 이제 끝난 사이지만 현관 밖 소리에 신경이 곤두선다. 휴대폰이 울렸다. K말고 나에게 전화를 할 사람은 없다. 액정 화면에 뜬 정보를 읽었다. k였다. 나는 휴대폰을 손에서 떨어뜨리고 말았다. 재차 확인해봐도 K의 전화였다. 심장 박동이 빨라지기 시작했고 얼굴이 달아올랐다.

여… 여… 여보… 세… 요.

K의 단호한 음성이 들려왔다.

최 대리, 돌려 말하지 않고 직접 얘기하겠는데 회사에서 나를 빤히 쳐다보는 거 그만 해줬으면 해. 그동안 최 대리 편에 서주고 싶었는데 일주일 후면 결혼식을 앞둔 상황에서 흉한 소문에 얽히기 싫어. 회사에서는 최 대리 취향에 대해서 수군대는데…어쩌겠나.

네… 네… 죄, 죄, 죄… 송… 합… 합… 니…….

내 말이 끝나기도 전에 k는 전화를 끊었다. 나는 그때서야 맺지 못한 마지막 말인 '다'를 뱉어냈다. 다, 다, 다, 다, 다, 다, 다, 다… 죄송합니다… 죄송합니다… 더 이상 더듬지 않게 되자 휴대폰에서 들려오는 소리, 병신 새끼, 병신 새끼. 웃음이 터졌다. K의 의자를 발로 차서 넘어뜨렸다. 주먹으로 식탁을 내리쳤다. 웃음은 거친 폭우처럼 전신에 퍼지면서 격렬하고도 집요하게 소리를 높여 갔다. 조리대에 이마를 내리찧었다. 내가 가장 많은 시간을 보내는 조리대에 피가 묻었다. 신성한 요리를 만드는 자리가 피로 얼룩졌다. 품위 있는 식탁을 차려 내는 나만의 숭고한 공간이 더러운 병균에 오염될 수 없다. 행주에 물을 묻혀 조리대를 닦아 내기 시작했다. 웃음소리는 숨이 턱에 닿아 헉헉대는 소리로 바뀌었고 침이 흘렀다. 숨을 몰아쉬었다. 조리대는 원래 모습으로 돌아왔다. 웃음도 기운을 잃어 가고 있다. 간간히 입술을 비집고 나오는 웃음을 삼키며 K의 의자를 일으켜 세웠다. 욕실로 들어가 세수를 하고 얼굴 정리를 할 즈음에 웃음은 완전히 멈췄다. 거울 속에 비친 표정은 단호했고 창백한 시선은 냉기를 뿜었다. 입술이 양쪽으로 길게 늘어지더니 싸늘한 냉소가 번졌다.

욕실에서 나와 베란다 문을 활짝 열어 젖혔다. 제법 찬바람이 들어왔다. 아파트 아래로 보이는 이팝나무가 바람을 맞고 서있다. 봄이면 하얀 꽃을 무겁게 이고 있던 나무가 추워 보인다. 하얀 쌀밥을 이고 있는 듯해서 이밥나무라 불리다가 이팝나무로 변했다던가. 올봄에는 유난히 꽃이 풍성해서 퇴근길에 꽃을 털어와 오목한 볼에 넣어 메인 디쉬 옆에 놔두고는 했었다. 식사를 마치고 이팝 꽃을 식탁 위로 흩뿌리면 쌀이 내리는 것 같았다. 이팝 꽃은 식탁 위와 식탁 바닥으로 떨어져 하얀 쌀 꽃 천국을 만들었다. 하얀 천국에서 나누던 대화들… 몇 차례 심호흡을 크게 했다. 베란다 문을 닫고 돌아서는 발길에 뭔가가 채였다. 상자였다. 휴대폰이 가득 들어있다. 아직 베터리도 빼지 않은 휴대폰이 맨 위에 있었다. K가 가져간 줄 알았던 휴대폰이다. 나에게 모든 것을 말했다는 K는 모른다. 내가 K에게 갈 수 있었던 것은 세상에 태어나서 처음으로 나에게 음식을 준 사람이었기 때문이라는 것을. K가 내 앞으로 고기 두 점을 집어주었을 때 k의 침이 묻은 술잔을 입으로 가져갈 수 있었던 것, 그것이 k에게로 향하는 시작이었다. 나는 상자를 발로 차서 구석으로 밀어냈다.

빈 잔에 와인을 채우고 거실로 갔다. 새 휴대폰을 박스에서 꺼냈다. 휴대폰을 손 안에 잡고 있으니 마음이 편해졌다. 휴대폰은 상대의 얼굴을 보지 않고 이야기할 수 있고 따라서 더듬거리거나 얼굴이 빨개지는 일을 막아 주는 유용한 기계였다. 새 휴대폰을 손에 쥐자 광적인 활기가 전신을 훑었다. 휴대폰의 전원을 켜자 파란색 물결이 생겼다. 출렁대는 물결무늬를 들여다보며 대리점 그 애와 어울리는 색이라는 생각이 들었다. 푸른 바다 같은 그 애의 웃음. S, S로 하자. 그 애는 지금부터 S, 이 휴대폰은 S의 것이 되는 거다. 바닥에 있던 K의 단축키가 있는 휴대폰을 들어 K와의 통화 기록, 메시지, 카톡, 일정, 그날의 메뉴 등을 삭제한다. K가 완전히 사라졌다. 깨끗하게 비워진 휴대폰을 오른손으로 쥐고 조심스럽게 귀에 갖다 댔다.

S, 들리니?

왼손에 새 휴대폰을 쥐고 말한다.

기다리고 있었어요.

그 애의 가늘고 말랑한 입술에서 나오는 목소리가 휴대폰을 타고 들렸다.

잘됐다. 이런 날엔 매운 음식이 제격인데, 나도 기분이 좀 그래서 내일 도시락에 칠리 새우를 준비하려 했거든. 그래? 매운 음식 좋아해? 그럼 내일 저녁에 빈달루 커리 해 줄게. 인도 요리인데 커리 중에서도 매운 맛이 일품이지. 보들보들한 난을 빨갛고 매콤한 빈달루에 찍어 먹으면 기분이 좋아져. 마치 위로를 받는 느낌이랄까. 고기 종류는 어떤 걸 좋아해? 빈달루에는 취향대로 고기 종류를 선택할 수 있어. 아,

드레싱은 어떤 게 좋을까. 그렇구나, 한식을 좋아하는구나. 나도 한식 좋아하지. 뭐든지 말해, 내가 요리를 꽤 하거든. S, 이제부터 품위 있는 식탁에 매일 초대되는 거야.

나는 새벽빛이 스며드는 베란다 유리창에 비친 모습을 멀끔하게 쳐다본다. 그곳엔 양 손에 휴대폰을 든 사내가 번갈아 가며 고개를 왼쪽에서 오른쪽으로 돌리며 쉬지 않고 말하고 있는 모습이 어른거렸다.

죄를 품고
식은 침상에서
잤다

저는 여자를 때리지 않습니다. 그의 말이 끝나자 여자는 허리띠를 빼앗아 자신의 몸에 휘둘렀다. 등에 빨간 줄이 생기고 허벅지와 팔에 긴 줄이 그어졌다. 그는 여자에게서 허리띠를 뺏으려고 다가갔다. 여자는 그에게서 허리띠를 뺏기지 않으려고 몸부림을 치다가 쓰러졌다. 바닥에 쓰러진 여자의 어깨가 들썩거렸다. 나 좀 때려 달라고... 제발 날 때려 줘.

죄를 품고 식은 침상에서 잤다*

비상사태다. 폭풍 속에서 배는 암전이 되었다. 바다 상
태가 좋지 않아서 수리선도 올 수 없는 상황이었다. 입항
한 시간 전에 육기통짜리 발전기 한 대만 가동하던 것을
입항 시 한 대 더 가동하다가 두 대의 발전기가 동시에 죽
어 버렸다. 기관부원들이 문제를 찾아내기 위해 뛰어다니
는 발자국 소리가 암흑 속에 퍼졌다. 주 엔진이 꺼진 상태
에서 프로펠러의 남아 있는 타력으로 돌아가는 엔진 소리
가 턱턱 파도 소리에 걸렸다. 그마저 힘을 잃어 엔진 소리
가 서서히 잦아든다. 철판을 쿵쿵 때리는 파도 소리가 크

───────────────

이상의 〈오감도〉 제 15호 中

게 들린다. 기관부에서 문제를 발견한 모양이다. 기관부원들이 손전등을 비춰 가며 발전기에 압축 공기를 주입하는 펌핑 작업이 시작되었다. 실린더 헤드에 파공이 생겨 실린더에 물이 차서 생긴 문제였다. 쉬이익, 어둠 속에서 실린더에 공기 들어가는 소리만이 급박하게 들리고 스타트는 걸리지 않았다. 비상 공기 압축기를 교대로 돌려 대는 팔에서 나오는 불안한 열기가 배 위에 퍼졌다. 필리핀 선원들이 울부짖으며 기도하기 시작했다. 기도 소리는 파도에 깨졌다. 그는 어둠 속에서 번뜩이는 노인의 눈빛을 발견했다. 배를 타기 전에 봤던 노인네의 핏발 선 눈빛이 발광하듯이 배 위를 떠돌았다. 야, 조용히 하지 못해, 씹새들아. 누군가 소리쳤고 살이 터지는 소리, 넘어지는 소리에 이어 몸싸움이 진동으로 번졌다. 배가 심하게 흔들렸다.

*

　그는 잡화선을 타는 날, 출항까지 여유가 있었지만 일찌감치 부산역으로 향했다. 역에 도착했을 때는 새벽이었다. 역 보관함에 넣어둔 륙색을 꺼냈다. 기차에서 부려진 사람들이 피로한 기색을 물리며 바삐 자신이 갈 곳으로 떠나갔다. 그는 어깨에 륙색을 메고 역 계단을 내려왔다. 기차에서 내려

역 광장까지 내려오기까지 계단이 많았다. 갈 곳 없는 그로서는 계단이 끝나지 않았으면 좋겠다는 생각을 했다. 계단이 끝났을 때는 오히려 아쉬웠다. 해가 뜨기 전 역 광장이라는 것이 황량한 사막과 같았다. 사막에 혼자 뚝 떨어져 있는…

2기사를 불러내면 당장이라도 달려 나올 것이지만 그는 여자가 머릿속에서 떠나지 않았다. 언제라도 반겨주는 여자들이 깔려 있는 부산인데도 그 여자가 발을 붙들었다. 아니 사실은 그 여자 집에 있는 노인네와 아들이 거슬렸다. 그렇다고 그 집으로 갈 수도 없는 일이었다. 여자와 노인네와 여자의 아들이 머리를 어지럽게 했다.

결국 그 집으로 가고 말았다. 대문은 잠겨 있지 않았다. 아직 잠에서 깬 사람은 없는지 인기척이 없다. 마당을 지나 현관문을 밀었다. 현관은 잠겨 있었다. 뒤로 돌아가 부엌으로 나 있는 문을 열었다. 잠겨 있지 않았다. 륙색을 마당에 던져 놓고 안으로 들어갔다. 거실은 질 좋은 목재로 만든 소파와 탁자가 놓여 있었다.

안방으로 들어갔다. 노인네가 코를 골면서 자고 있었다. 여자가 말한 것처럼 중늙은이는 아니었다. 여자는 없었다. 그는 얼굴에 개기름을 묻히고 대자로 드러누워 있는 노인네의 목을 졸랐다. 캑캑대는 소리와 함께 노인네의 몸에 힘이 들어가고 눈알이 튀어나올 듯이 충혈이 되었다. 노인네가 용을 쓰며 몸을 뒤틀면서 그의 목을 쥐었다. 노인네 힘이 장난이 아니었다. 그는 협탁에 놓인 스탠드에 손을 뻗어 노인네의 머리통을 후려쳤다. 노인네가 그의 목에서 손을 떼면서 꿈틀거리는 순간 한 번 더 내리쳤다. 노인네의 눈에서 피가 쏟아졌다. 살아 있는 핏빛 눈. 그는 갓이 부서져 나간 스탠드로 노인네의 머리를 계속해서 내리쳤다. 노인네의 머리에서 쿨렁쿨렁 피가 쏟아졌다. 노인네는 움직임이 멈췄다. 뭉개진 얼굴 위로 눈은 열려 있었다. 피가 가득했다. 머리에서 뜨끈한 피가 흘렀다. 문소리가 들렸다. 그는 스탠드를 들고 노인네를 올라탄 상태로 뒤를 돌아보았다. 여자였다. 그와 노인네를 번갈아 쳐다보던 여자는 입으로 손을 막았다. 그는 스탠드를 내던지고 여자를 지나 들어왔던 문을 통해 나갔다. 륙색을 메고 골목길을 빠져나왔다. 승선 시간이 다가오고 있었다. 노인네는 숨이 끊어졌을 것이다. 그것으로 됐다. 그는 다음 기항지인 중국으로 튈 작정이었다.

*

그 여자를 만났던 작년, 중국을 경유했던 항해가 떠올랐다. 부산에서 출발한 잡화선이 중국을 거쳐 인도 봄베이까지

갔다가 몇 달 만에 부산으로 돌아오는 동안 해가 바뀌었다. 부산에서 바닥에 닻을 꽂아서 고정시킨 후 바다 위에서 묘박을 하는 일주일 간 휴가가 주어졌다. 배가 항구에 접안하는 비용이 상당해서 묘박을 하는 경우가 많았다. 항해사나 기관사들은 엔커링이라고 불렀다. 바다 위에 떠 있는 잡화선으로 통선이 아침 8시와 오후 5시에 오면 당직 항해사와 기관사를 제외한 나머지는 상륙을 나갔다.

선원들은 입항하고 항구에 머무는 동안 폼 나게 돈을 쓰고 다녔다. 배에서는 돈을 쓸 기회가 없어서 양주에 길들여진 입맛에 따라 룸살롱에 가서 여자를 끼고 양주를 마셔 대면서 아낌없이 돈을 써 댔다. 특히 기관장은 그를 데리고 나가기를 좋아했다. 모든 경비는 기관장이 대고 그는 마시고 놀고 여자를 안기만 하면 되었다. 그것도 여러 번 하다 보니 시들해지고 미끈하니 쭉 빠진 여자들에 싫증이 났다. 한국에 있는 술집에서는 살집이 있고 젖가슴이 풍만한 여자를 찾을 수가 없었다. 배가 불룩하고 얼굴에 개기름이 흐르는 기관장에게는 돈에 혹해서 여자들이 붙었고 그는 기관장이 대준 화대로 여자를 안았다. 해가 바뀐 것이 어떤 작용을 한 것인지 귀찮았다.

기관장이 나가자는 소리를 하기 전에 2기사와 튀었다. 2기사는 공짜로 대주는 것도 마다하냐고 그에게 퉁박을 주었다. 그는 기관부원들과 자주 어울렸는데 그중에서 부산 출신인 2기사와는 상륙 시에 붙어 다녔다. 덕분에 2기사는 기관장이 한턱내는 자리에 같이 낄 수 있었는데 다른 데로 튀자니 아쉬워했다. 2기사와 부산 시내를 어슬렁거리면서 옷을 사 입었다. 그는 패션에 신경을 쓰는 편이라 항구에 머무는 동안에는 꼭 옷을 사 입었다. 배 위에서 잃은 패션 감각을 육지에 있을 때 채워 넣고 거울 앞에서 빳빳한 옷을 입은 자신의 모습을 보는 것을 좋아했다. 패셔너블한 옷차림의 젊은 마도로스.

여자들은 그의 말쑥한 차림새와 말주변이나 인물에 한마디로 뻑이 갔다. 체구는 마른 듯 하나 옷발이 잘 받아 쭉 빠진 모델 같은 몸에 약간 어깨를 흔들면서 걷는 걸음걸이와 위로 올라붙은 엉덩이에 여자들의 시선이 머물렀다. 국적 불문하고 여자들은 그에게 눈을 내리깔고 자신의 몸을 기꺼이 바쳤다. 말이 통하지 않아도 바닷가 여자들은 그에게 달라붙었다. 그런 낌새를 알아챈 기관부나 항해부 애들이 그와 상륙하는 것을 즐기곤 하는 것에 재미가 들렸다. 그는 돈을 내지 않고 피부 색깔이 다른 여자들을 가질 수 있었다. 방콕에 갔을 때는 까무잡잡하고 자그마한 체구의 여자를, 봄베이에 갔을 때는 긴 속눈썹의 풍만한 여자를 마음껏 안을 수 있었다. 그의 인생에서 그보다 살판이 났던 적도 없었다. 가끔 돈을 내고 여자를 안게 되는 날이면 비쩍 마른 여자보다는 살집이 붙은 폭신한 몸과 풍만한 가슴을 가진 여자를 안았다. 살집이 없이 마른 그의 몸이 푹신한 여자의 살과 젖가슴에 파묻혀 육지 울렁증을 견뎠다.

잡화선에서 주방 보조로 일하는 그가 기관사나 항해사에게 인기가 많은 것도 사실은 그럴 만한 이유가 있었다. 그가 타는 배는 한국 선박 회사라 한국인 조리장이 끼니 때마다 한국 음식을 해낸다. 한국 선원들 위주의 식단이 제공되는 배 안에서 필리핀 부원들을 위한 특별 요리를 그가 해 주기도 하고 한국 선원들도 특별식을 즐겼다. 주방 일을 하는 그는 당연히 항해나 기관에 대해서는 아는 바가 없었으나 얻어들은 풍월을 자기화하는 능력이 있었다. 눈썰미가 좋아서 조리장이나 조리사들도 재빠르게 일을 해내는 것을 기특하게 여기고 항해사나 기관사들과도 잘 어울리는 편이라 그쪽 사람들과도 말이 통하는 편이었다. 그는 배에서만 주방 보조일 뿐 항해사나 기관사가 아니어도 육지에서는 마도로스였다. 선적을 마치고 혹은 상륙을 할 때마다 마로도스라고 뻥치는 그에게 여자들은 걸려들었다.

2기사와 그는 최신 유행하는 옷을 입고 시내를 싸돌아다니다가 밤이 되자 해운대로 향했다. 기관장에게 끌려가지 않고 자유롭게 어슬렁거리는 것이 좋았다. 배 위에서 맡는 바다 냄새와 육지에서 맡는 바다 냄새는 달랐다. 그의 어깨가 흔들릴 때마다 바지 주머니에 손을 넣어 팽팽해진 엉덩이가 오르내렸다. 여자들이 곁눈질을 하는 것을 느끼며 박자를 맞추듯이 리듬을 타고 걸었다. 배우가 연기를 하듯이 리드미컬한 동작으로 밤거리를 걸으면서 그는 오늘은 어떤 여자가 걸릴까 피식 웃음이 났다. 2기사가 물이 좋은 영계들이 간다는 클럽에 대한 얘기로 침을 튀기며 말하고 있을 때였다. 머리가 빈 여자애들이 2기사와 그가 어디로 가는지 뒤를 쫓고 있었다. 한두 번 당한 것도 아니고 오히려 즐기는 편이었는데 그날은 김이 샜다.

클럽에서 부킹한 여자애들은 거의가 비슷했다. 화려한 분장과 옷차림으로 몸을 치장했지만 골빈 애들. 갑자기 지겨웠다. 클럽에 들어가면 쉴 새 없이 들어오는 부킹과 여자들. 몸에 척척 감겨 오는 기계적인 애교들. 나이를 한 살 더 먹어서 그런지 갑자기 시들해졌다. 2기사에게 클럽은 다음에 가자고 했다. 2기사가 어깨를 으쓱하며 외국인들이 하는 모양새처럼 두 팔을 벌렸다. 왜, 그물을 치기만 하면 고기가 올라오는데 이 좋은 물을 그냥 두고 가냐고. 그는 짠내가 풍기는 바닷가 쪽으로 몸을 돌렸다. 오늘은 그냥 있자. 그날 클럽을 갔어야 했다. 그랬다면 그 여자를 만날 일도 없었다.

죄를 품고 식은 침상에서 잤다 ─────

*

필리핀 애들이 통성을 하고 있다. 태풍은 아직 지나가지 않았다. 지옥이 따로 없다. 1기사와 2기사는 수리 작업을 하느라 뛰어다니고 3기사는 손전등을 비춰 가며 쫓아다닌다. 실린더 헤드를 들어내는 실린더 오버올이 진행되고 있다. 실린더 헤드를 스페어로 교체하고 시동을 걸었다. 시동은 걸리지 않았다. 필리핀 애들이 알 수 없는 기도 소리가 커졌다. 야, 씹새들아 아구리 닥쳐. 저것들 물에 처박아 버려. 째지는 소리가 어둠을 갈랐다. 둔탁하게 뼈가 부딪히는 소리가 들리고 비명이 터졌다. 기관장과 기관부원들이 들러붙어서 연료 필터와 분사노즐을 살피고 연료 라인에 있는 공기를 배출하는 모습이 손전등에 어른거렸다. 긴장으로 굳은 얼굴들이 사람 같지 않았다.

다시 시동을 걸었다. 심장을 오그라들게 만드는 총소리와 번개 치는 듯한 소리가 합쳐져서 들리더니 발전기에 시동이 걸림과 동시에 불이 확 켜졌다. 배 위는 흰 빛이다. 모두 눈을 감고 있다. 갑자기 쏟아진 빛에 눈을 뜰 수가 없다. 필리핀 애들이 기도를 멈추고 기뻐 날뛰는 소리가 시끄럽다. 기관부와 항해부는 컨트롤 룸으로 달려갔다. 발전기, 연료 펌프, 냉각수 펌프, 쟈켓 쿨링 펌프 등의 스위치를 올렸다. 주 엔진도 체크하고 시동을 거는 순간 폭발음과 함께 배가 뒤틀면서 살아났다. 정상 가동이다. 필리핀 애들이 얼싸안고 눈물 콧물을 빼고 있다. 선원들은 아직도 긴장 상태다. 또 무슨 일이 벌어질지 모를 일이다.

필리핀 선원들 중에 조엘의 얼굴에 피가 묻어 있다. 위험한 고비를 넘기고 뒷정리를 시키는 데도 다들 멍해 있다. 평소에도 굼뜨고 나태한 습성들 때문에 욕설이 오고가기는 하지만 대체로 낙천적인 사람들이었다. 부속품을 닦거나 스트레이너 소제 같은 간단한 일을 시켜도 엉뚱하게 일을 해 놓아 욕을 먹기도 했다. 그럴 때마다 천진한 미소를 지으며 기관사나 항해사가 그렇게 시켜서 했다고 말을 해서 속을 뒤집어 놓곤 했다. 누가 그렇게 하라고 시키겠는가 말이다. 매번 책임 전가를 하는 데 이력이 붙었다. 목숨이 왔다 갔다 하는 위급한 상황에서도 아무 도움이 안 되는 그들에게 무슨 마음이 있어 조엘이 피를 흘린다고 신경을 쓸 것인가. 그는 조엘에게 다가갔다. 조엘의 얼굴을 들여다보자 조엘이 움찔한다. 발로 차였는지 눈 밑에서 광대뼈 있는 곳까지 찢어지고 부어 있었다. 구급약 상자를 들고 와 소독을 하고 연고를 발라주었다. 조엘은 어눌하게 '감사합니다'라고 했다. 곱상한 얼굴

죄를 품고 식은 침상에서 잤다 ———

이 짠하다. 조엘의 얼굴이 여자의 아들과 겹쳐졌다. 그는 화장실로 달려갔다. 세면대에 물을 틀어 놓고 비누로 여러 번 손을 씻었다.

*

　부산에서 묘박을 하는 중에 새해를 맞았다. 한국에서 맞이한 새해, 일주일 간의 휴가는 부산에서 보냈다. 달리 갈 곳이 없었다. 재혼한 어머니와는 연락이 끊긴 지 오래되었다. 2기사와 클럽에 가지 않고 마치 남의 나라 구경하듯이 해운대를 건들거리며 돌아다녔다. 사람 구경하는 것도 재미있었고 바닷가를 에워싼 유흥업소들의 불빛도 다른 나라와 크게 다르지 않았지만 사람 냄새가 달랐다. 늦은 밤에 돌아다니는 여자들은 쌔고 쌨다. 2기사는 그런 여자들의 뒤태를 눈으로 좇으며 기관장을 따라가지 못한 것도, 물 좋은 클럽에 가지 못한 것도 아쉬워했다. 그래도 그와 헤어지지 않고 붙어 다녔다. 그와 함께 있으면 어떤 일이 있어도 여자가 얻어걸린다는 것을 알고 있었다. 그는 백 팔십에 가까운 키에 몸에 착 감기는 패션과 무엇보다 말솜씨가 좋았다. 마도로스입네 하면서 깍듯한 서구적 매너와 함께 선보이는 언변에 안 넘어가는 여자들은 없었다. 얼굴은 짙은 눈썹과 높은 콧대가 중심을 잡고 있어서 작은 입과 쌍꺼풀 없이 길게 찢어진 눈이 전체적인 조합을 이루어 매력적이었다. 2기사가 못난 얼굴은 아니었으나 키가 작은 것이 흠이었다. 그리고 비싼 옷을 입어도 옷태가 나지 않았다. 요즘 여자들은 키가 작은 남자는 루저라나 뭐라나. 뭔가 건수를 잡으려고 그와 붙어 다니던 2기사가 자신의 집으로 돌아간 것은 그가 펑퍼짐한 그 여자를 찍었을 때였다.

그 여자는 우연하게 그의 눈에 들어왔다. 2기사와 클럽을 포기하고 포장마차로 향하고 있을 때였다. 해운대에 밀집한 포장마차 촌으로 가기 위해서 길게 이어진 바닷가를 걷고 있었다. 파도 소리가 배경 음악처럼 들려왔다. 새로운 한 해가 시작된 지 얼마 되지 않아서 바닷가는 썰렁했다. 더구나 새벽이었다. 업소에서 내뿜는 불빛이 바닷가를 비추고 있었다. 불빛이 가 닿는 어느 지점에 한눈에도 풍만한 몸집을 가진 여자가 앉아 있었다. 그가 고정된 시선에 뚱보 여자가 앉아있는 것을 본 2기사가 또 변태 지랄병이 도졌나 부네. 하며 미련 없이 가 버렸다. 2기사는 뒤를 보이고 가면서 바닥에 침을 칵 뱉고는 기관장이나 따라갈 걸 씨발, 중얼거렸다. 그가 외국에 나가서 살이 뒤룩한 여자들을 안을 때마다 2기사는 변태 아니냐며 농을 했었다. 2기사의 말처럼 살집이 있는 여자를 좋아하는 것이 변태라면 그는 변태일 것이다. 한국에서는 그런 여자들을 만나기가 힘들어서 외국에서 주로 안았었다. 그보다 키가 더 큰 여인들이 풍만한 가슴과 팔뚝으로 그를 끌어당겼다. 그는 살이 출렁이는 그 품속에서 육지 울렁증과 세상을 잊을 수 있었다. 당연히 기관장과 함께하는 술자리가 시들할 수밖에 없었다. 모델 뺨치는 팔등신들이 시장 좌판에 나앉은 물건들처럼 즐비한 곳에서는 아무런 위안을 얻을 수 없었다.

　그는 여자가 앉아 있는 모래사장으로 들어섰다. 칼바람이 선뜩했다. 여자의 뒷모습은 외투에 감겨 있어도 툭툭 불거져 나온 살집이 보였다. 모래가 신발 안으로 들어왔다. 여자의 옆자리에 앉았다. 여자는 바다를 보고 있었다. 그가 헛기침을 했다. 여자는 여전히 바다만 보고 있었다. 시선만 그곳에 고정시킨 채 정신은 다른 곳에 가 있는 사람 같았다. 그는 다시 한 번 헛기침을 하면서 저기요, 하고 소리를 냈다. 여자는 정신이 돌아오는 듯 하더니 옆자리에 앉은 그를 보고 흠칫 놀랐다. 여자는 굼뜨게 옆으로 자리를 옮겨 앉았다. 여자는 찬바람을 오래 맞아서 코가 빨갛고 얼굴은 얼어 있었다. 젊은 여자였다. 삼십 대 여자에게서 흔한 몸매라 그 정도 나이일 거라 생각했는데 이십 대 중반 정도로 보였다. 환한 불빛에서 봐야 알겠지만 몸집에 비해 얼굴은 작아서 오목조목하게 귀염성 있게 생겼다. 실연을 당한 여자인지 사연이 있어 보였다. 그는 실연을 당한 여자일수록 더 쉽게 넘어온다는 것을 경험으로 알고 있다. 여자는 그저 바다만 바라볼 뿐이었다. 여자는 그의 존재를 잊고 있는지 움직이지 않았다. 그는 점점 한기가 들어 참기가 힘들었다. 더 이상 버티기 힘든 그가 여자에게 말을 걸었다. 저기, 바람이 찬데 어디 들어가 계시죠. 여자는 반응이 없다. 그는 더 큰 목소리로 저기요, 하면서 여자의 어깨를 건드렸다. 여자는 옆으로 고꾸라졌다. 완전히 얼어 있었던 모양이었다.

그는 여자를 일으켰다. 그의 팔에 닿은 여자의 푹신한 살의 감각이 느껴졌다. 여자의 옷을 벗기고 살 속으로 파고들고 싶어 미칠 것 같았다. 바닷바람에 아삭하게 얼은 살 냄새가 새큰하게 풍겼다. 그는 여자를 부축하면서 가장 가까운 호텔을 눈으로 찾았다. 몸이 얼어붙은 여자는 자신의 몸을 마음대로 움직일 수 없기도 했지만 이상스럽게도 그가 이끄는 대로 따랐다. 바닷가에 면한 호텔 중에서 가까운 곳에 들었다. 여자는 방에 들어설 때까지 그의 부축을 받고 있었고 몸이 뻣뻣했다. 그는 침대에 여자를 앉히고 숨을 골랐다. 여자는 방을 휘둘러보았다. 그리고 그를 쳐다보았다. 여자의 얼굴에 고통스런 표정이 스치는가 하더니 옷을 벗기 시작했다. 그도 여자와 비슷한 속도로 옷을 벗었다. 별다른 작업도 없이 여자가 적극적으로 달려드니 맥이 빠지는 느낌도 들었지만 육지 울렁증을 달래기 위해서라도 여자의 살에 안기고 싶었다. 옷을 벗은 여자의 몸은… 담배꽁초에 지진 자국이 여러 군데 나있고 흉터가 많았다. 그는 팬티를 내리다가 다시 올렸다. 어쩐지 진도가 빠르다고 생각했었다. 여자는 그에게 다가오더니 그가 벗어놓은 바지에서 허리띠를 빼냈다. 여자는 허리띠를 그의 손에 쥐어주면서 자신을 때려 달라고 했다. 죽도록 때려 주세요, 제발. 그는 뒤로 물러났다. 아니, 이거, 뭐… 이런 거 내 취향 아닌데… 그는 이 상황이 못마땅했다. 한국에서 오랜만에 살집 좋은 여자를 품을 생각으로 접근한 여자였다. 낚인 것 같은 찜찜한 기분이 더러웠다.

저는 여자를 때리지 않습니다. 그의 말이 끝나자 여자는 허리띠를 빼앗아 자신의 몸에 휘둘렀다. 등에 빨간 줄이 생기고 허벅지와 팔에 긴 줄이 그어졌다. 그는 여자에게서 허리띠를 뺏으려고 다가갔다. 여자는 그에게서 허리띠를 뺏기지 않으려고 몸부림을 치다가 쓰러졌다. 바닥에 쓰러진 여자의 어깨가 들썩거렸다. 나 좀 때려 달라고… 제발 날 때려 줘. 여자의 울음은 점점 커지고 통곡으로 변했다. 그는 여자를 잘못 골랐다는 낭패감으로 방을 나가고 싶었지만 여자가 무슨 짓을 저지를지 몰라 그것마저 쉽지 않았다. 그는 침대 위에 있는 이불을 걷어 여자에게 덮어 줬다. 여자는 일어나 앉아 그를 바라보았다. 그는 자리에 주저앉을 뻔했다. 절망에도 표정이 있다면 여자의 표정과 똑같을 것이다. 영혼이 빠져나간 공허한 껍데기. 살아 있는 온기라곤 전혀 찾아볼 수 없는 그런 표정은 사람이 지을 수 있는 표정이 아니었다. 그는 섬뜩했다. 여자가 갑자기 옆에 놓인 테이블에 머리를 부딪치기 시작했다. 그가 여자를 뒤에서 껴안고 테이블에서 여자를 떼어 놓았을 때 여자의 머리에서는 피가 났다. 여자는 몸부림을 치면서 때려 달라고 소리 질렀다. 그는 기운이 다 빠졌다. 그는 여자를 내팽개치면서 이제, 그만 합시다. 하고 옷을 입었다. 여자는 허리를 구부린 상태로 "죽고 싶어, 죽고 싶어"를 중얼거렸다. 그는 방을 나와 버렸다. 새해부터 재수 없는 여자가 걸렸다. 막상 밖으로 나오니 여자가 신경 쓰였다. 여자가 무슨 일을 저지른다면 자신도 조사를 받게 될 거고 배를 타는 일에 지장이 생길지도 모른다고 생각하니 쉽게 떠날 수 없었다. 그는 다시 방으로 들어갔다. 그는 여자를 감시하느라 한숨도 자지 못했다. 여자는 그 뒤로 몇 번인가 "죽여 버릴 거야, 그 새끼 죽여 버릴 거야" 주문을 외우듯이 웅얼거리면서 테이블과 벽에 자신의 머리와 몸을 부딪쳤다.

동이 트고 있었다. 여자가 굼뜨게 일어났다. 옷을 입은 여자는 조용히 방을 나갔다. 그도 여자를 따라 나갔다. 그것으로 끝이었으면 좋았을 텐데 그는 여자를 따라갔다. 마치 여자가 그를 조종하는 것 같았다. 여자는 버스를 탔다. 그는 여자가 버스 앞문으로 탈 때 뒷문으로 잽싸게 뛰어들었다. 버스는 회색빛으로 깔린 새벽길을 달렸다. 바닷가를 벗어나 로타리를 지나 여자가 내렸다. 그도 뒤따라 내렸다. 여자는 큰길을 지나 횡단보도를 지나고 주택가로 들어섰다. 몇 개의 골목을 지나쳐 단독 주택 앞에 멈췄다. 여자는 대문 앞에 있는 계단에 쪼그려 앉았다. 그는 옆집 대문 옆으로 튀어나와 있는 벽에 몸을 숨기고 여자를 지켜봤다.

새벽빛은 사라지고 해가 말갛게 떴다. 대문이 열리는 소리와 함께 여자가 무릎이 꺾이면서 쓰러질 듯이 일어섰다. 남자 아이가 가방을 메고 나왔다. 혼이 빠져나간 여자처럼 보이던 여자가 아이를 부둥켜안고 울기 시작했다. 아이도 여자 품에서 울었다. 한참을 울던 두 사람은 손을 잡고 그가 숨어 있는 옆집 대문 앞을 지나갔다. 그의 눈에 비친 여자의 뒷모습이 어머니의 모습으로 보였다. 여자처럼 살집이 좋은 어머니. 여자와 아이가 간 곳은 초등학교였다. 여자는 아이를 학교에 보내고 나서 다시 아이가 나왔던 그 집으로 갔다. 대문 앞에서 손을 부비고 안절부절

못하더니 문을 열고 안으로 사라졌다. 그로서는 어찌된 영문
이지 알 수 없었다. 잠도 못자고 피곤했다. 주택가라 호텔이
나 모텔이 없었다. 골목을 나와 큰 도로 쪽으로 나오니 모텔
건물이 몇 개 보였다. 그중 가장 가까운 곳으로 들어가 잠에
빠졌다.

그가 일어났을 때는 어두워져 있었다. 2기사에게 부재중
전화가 열 통도 넘게 와 있었다. 음성 메시지와 문자도 있었
다. 새해가 밝았고 한 살을 더 먹었을 뿐인데 늙어 버린 느낌
이었다. 마도로스는 무슨 개뿔. 이제 스물 넷. 선상 주방 보
조. 비싼 옷으로 몸을 두르고 여자들이 침을 질질 흘리는 몸
을 가지고 있다고 해도 그건 그의 껍데기일 뿐이었다. 만사
가 귀찮기만 했다. 핸드폰 전원을 꾹 눌렀다. 샤워를 하고 아
직 새 옷 냄새를 풍기는 옷을 입었다. 핸드폰 전원을 끌 때부
터 그는 여자를 생각하고 있었다.

모텔에서 나와 횡단보도를 지나 골목으로 들어섰다. 여자
가 들어간 대문 앞이다. 뭐 어쩌자는 것이 아니라 여자가 생
각났다. 바닷바람을 맞으며 정신을 놓고 앉아 있던 여자. 영
혼을 팔아 버린 것 같은 여자의 표정이 파도가 치듯 밀려들
었다. 어머니가 집을 떠나기 전에 나를 바라보던 표정과 비
슷했다. 집 안에 사람이 있는지 불빛이 새어나왔다. 배에서
창자가 뒤틀리는 소리가 들렸다. 허기가 느껴지지 않은데 뱃

속에서는 먹을 것을 달라고 아우성이다. 골목을 빠져나와 건너편 식당에 자리를 잡았다. 골목에서 나오는 사람을 볼 수 있는 거리였다. 음식 냄새를 맡자 배가 고팠다. 설렁탕에 밥을 두 공기나 말아 먹었다. 그의 눈은 골목에 잡혀 있었다. 사람이 걸어 나왔다. 여자인가 해서 봤더니 중년의 여자였다. 그는 다시 여자가 들어간 대문 앞에 섰다. 여자를 만나 봐야 할 것 같았다. 괜찮은지 눈으로 확인해야 배로 돌아갈 수 있을 것 같은 이런 기분은 또 뭘까. 빌어먹을 새해. 언제부터 남들 챙기면서 살았다고 희한한 일이었다. 사람이 부삭거리는 움직임이 들리더니 철제 대문이 소리를 내면서 열렸다. 여자였다. 여자가 대문 밖으로 나와 골목길을 지나 큰길을 건너 버스 정류장으로 가고 있었다. 그는 표나지 않게 따라붙었다. 여자는 버스를 타고 해운대에서 내렸다. 바다를 따라 천천히 걸었다. 여자의 걸음걸이가 너무 느려서 모래사장을 따라 난 바닷길을 걷는 데 몇 시간이 걸렸다. 그리고 처음 시작했던 곳으로 되돌아갔다. 여자를 처음 봤던 그 자리였다. 여자는 그가 여자를 봤던 처음 모습으로 앉았다. 그는 그때처럼 여자 옆에 앉았다. 무슨 데자뷰도 아닌 것이 연기를 연습하는 배우도 아닌 것이 착잡했다. 그러나 새해, 그는 생각지도 않은 일에 얽혀 들었다는 것을 알지 못했다.

입항을 앞두고 배가 멈췄다. 선내 마이크를 통해 당직 이등 항해사의 목소리가 들렸다.

"선장님, 배 주위에는 아무것도 없고 기관실에도 아무 이상이 없는데 배가 멈췄습니다. 브리지로 올라오십시오."

기관장과 1기사는 기관실로 내려가고 선장은 선교로 올라갔다. 기관실에서 기관장의 다급한 목소리가 마이크를 통해 나왔다.

"캡틴, 기관실 계기에는 아무 이상 없습니다. 엔진이 멈춘 이유를 모르겠습니다."

하루에 어마어마한 일이 두 번이나 일어나다니 그는 심장이 오그라들었다. 태풍이 물러가지 않고 있는 것도 신경 쓰였다. 노인네의 핏빛 눈알이 브리지에 숨어 있는 것 같다. 재수 없는 노인네. 죽어 자빠져서도 악한 기운을 놓지 못하고 그를 따라다녔다. 노인네의 뭉개진 얼굴과 튀어나온 눈알, 쿨렁쿨렁 쏟아지던 뜨끈한 피 냄새가 역하게 났다.

브리지는 기관부 항해부원들이 선미로 몰려가는 것이 보인다. 기관부나 항해부에서 다른 문제를 찾아내지 못하자 스크루에 이물질이 감겨 있나 확인하는 작업이 한창이다. 그는 일층에 있는 식당으로 갔다. 텅 비어 있다. 뱃밥 경력도 당분

간 끝이다. 식당을 나와 목욕탕으로 갔다. 브리지 어디에
서나 노인네의 핏빛 눈빛을 마주하다 보니 온몸에 피칠
을 한 느낌이 들었다. 뜨거운 물을 틀어 몸에 물줄기를 받
았다. 다음 기항지인 중국에서 내려야 한다. 도망갈 수 있
는 기회는 지금뿐이다. 이번 기회를 놓치고 대만, 태국,
베트남, 싱가포르, 인도까지 가다가 부정 탄 자신으로 인
해 다른 선원들을 또 위험에 빠트릴 수는 없었다. 잠잠해
질 때까지 중국에서 숨어 지내야 한다. 샤워 꼭지에서 쏟
아져 내리는 물줄기는 흔들리는 배에 따라 흩어졌다. 파
도가 제법 거셌다. 파도가 선체의 철판을 때릴 때마다 저
승사자가 달려드는 것 같은 음산한 소리를 냈다. 제기럴,
노인네의 피 칠갑을 한 눈이 번뜩인다.

*

　그 밤, 여자는 바닷가에서 혼이 빠져나간 사람 모양으
로 얼어붙었다. 그는 살집 좋은 여자를 안고 싶다는 생각
은 이미 접었다. 마음만 먹으면 어디든 가서 여자를 안을
수 있었고 들러붙어 떨어지지 않는 여자가 줄을 섰는데
새해부터 여관방에서 혼자 자질 않나 개고생이었다. 시간
이 흘렀다. 휴가 기간이 지나고 있었다. 그는 헛기침을 했

다. 저기… 여자가 고개를 돌렸다. 저기… 바람이 찬데… 그 답지 않게 말이 토막 났다. 여자의 얼굴을 보는 순간 명치를 송곳으로 찌르는 듯한 아픔을 느꼈다. 연기처럼 사라져 버릴 것처럼 텅 비어 있었다. 여자는 바다를 보고 있으나 바다를 보고 있지 않았다. 그는 추워서 앉아 있기가 힘들었다. 맵시를 낸다고 입은 얇은 프렌치 자켓으로 바닷바람을 장시간 견디기가 쉽지 않았다. 소주라도 사 와서 마셔야 될까, 그동안 여자가 가 버리면 어쩌지 하는 생각에 복잡한데 여자가 잠긴 목소리로 말했다. 그는 잘못 들었나 싶었다. 오랫동안 성대를 쓰지 않아 잠기고 얼어붙은 목소리가 빽빽하게 들렸다. 여자의 눈은 바다에 있었다. 퍽퍽하고 갈라진 목소리가 바닷바람을 타고 그의 귀에 들어왔다.

"그 노인네 지금 우리 아들하고 있어. 그 자식이 아들이랑 단 둘이서"

여자의 목소리는 입이 굳어 발음이 정확하지 않았다. 물기가 쫙 빠져 건조한, 그리하여 연기가 되어 사라져 버릴 그런.

*

여자가 고아원에서 같이 자란 오빠와 동거를 시작한 것은 열다섯 살이었다고 했다. 공단에서 일하면서 재미나게 살았다. 여자가 임신한 사실을 알고 오빠는 다른 여자와 내뺐다. 혼자 남겨진 여자는 산달이 가까워지도록 배를 친친 동여매고 공장에 나갔고 수중에 들어오는 돈으로 먹을 것을 사 먹었다. 배가 고프지 않아도 먹었고 배가 고파도 먹었다. 몸은 불어났다. 아이를 낳고도 몸은 줄지 않았다. 임신을 했을 때처럼 뱃살은 출렁이고 젖가슴은 브래지어 밖으로 삐져나왔다.

아이가 문제였다. 아이를 두고 공장에 나갈 수도 없었고 갖다 버리지도 못했다. 아이와 집 안에 갇혔다. 남아 있는 돈이 얼마 없었다. 돈이 떨어지면 굶어 죽자고 생각하고 있을 때 공장장이 찾아왔다. 여자와 아이를 훑어보더니 돈을 쓱 내밀고 사라졌다. 그 뒤로 매일 밤 공장장이 찾아왔다. 몸이 불어 둔해진 여자의 몸을 험하게 다루고 아이는 버르적거리며 울어댔다. 공장장이 다녀간 후면 몸에 상처가 남았다. 혁대 자국도 남고 담배 지진 흉터가 남았고 목에 선명한 손자국이 남았고 아랫도리 털이 몽땅 뜯기기도 했다. 아이가 걷기 시작할 때쯤 공장장이 찾아오는 횟수가 뜸해지면서 여자는 스무 살이 되었다. 여자는 먹는 것으로 스무 살이 된 것을 자축했다. 공장장은 더 이상 여자의 몸을 괴롭히러 오지 않았다. 살아갈 자신이 없었다. 그리고 아이와 함께 죽어야 할 때가 왔다고 생각했다. 그럴 때 지금 노인네를 만났다. 죽자고 생각해 놓고 당장 끼니가 없어 항구 근처에 있는 술집에 나가던 때였다. 살이 출렁이는 여자를 찾는 것은 배를 오래 탄 영감들이거나 예전에 배를 탔던 작자들이 마도로스 시절을 추억하며 항구 선술집에 모여 술 타작할 상대로 찾았다. 몸집이 크고 살이 피둥거려도 아직 어린 여자였다.

　노인네는 작은 배의 선장이었다. 바다에 나가 몇 달에 한 번씩 부산으로 들어오는데 제법 알부자라 했다. 노인네라 부르기에는 혈색도 좋고 힘이 남아도는 뱃사람이었다. 실제 나이도 육십이 되지 않았는데 여자는 노인네라 불렀다. 몇 번 여자를 샀던 노인네는 여자를 자신의 집에 들어앉혔다. 노인네는 부인을 먼저 보낸 데다 자식이 없어 여자의 아들까지 거둬 주었다. 집이 생기고 먹을 것 걱정 없이 아들과 있게 된 여자는 노인네를 받들어 모셨다. 노인네는 공장장처럼 여자의 몸을 괴롭히지도 않았다. 여자의 몸 안으로 들어오지도 않았다. 그저 여자를 홀딱 벗기고 침대에 눕게 한 뒤 침대 위에 서서 자기 물건을 딸딸이 쳐서 여자의 풍만한 뱃살과 튼실한 허벅지와 터지게 빵빵한 젖가슴에 정액을 뿌렸다. 여자는 편했다. 세상에서 그렇게 편안하게 밥을 얻어먹을 수 있다는 것이 꿈만 같았다. 아들은 잘 자라 초등학교에 들어갔다.

2/7

죄를 품고 식은 침상에서 잤다 ────

그는 여자의 이야기를 들으면서 이제 그만 듣고 싶다는 생각이 들었다. 노인네가 여자의 출렁한 살에 정액을 뿌렸다는 이야기를 듣고부터 그는 여자의 벗은 몸이 떠올랐다. 담배에 지진 자국과 흉터투성이였던 몸. 여자의 이야기가 귀에 들어오지 않았다. 바람은 지겹게 불었다. 따뜻한 곳으로 가고 싶었다. 여자는 바다에 대고 말을 하고 있었다.

　노인네가 집에 있는 날은 일 년에 몇 달 되지 않았다. 여자와 아들은 안락하고 편했다. 바다에서 돌아와서는 여자의 벗은 몸에 정액을 뿌리고는 그만이었다. 집에 올 때마다 여자와 아들 선물을 잔뜩 사왔고 아들도 노인네를 잘 따랐다. 노인네가 낮잠을 자는 것을 보고 여자가 미장원에 갔던 날이었다. 노인네에게 잘 보이고 싶어 유행하는 열 파마를 하고 내친 김에 마사지도 받았다. 노인네가 좋아하는 동태탕 재료며 아들이 좋아하는 불고기감이며 장을 잔뜩 보고 집에 돌아왔다. 집안은 조용했다. 안방을 열어보니 노인네가 없었다. 아들과 같이 목욕이라도 갔나 싶어 주방으로 가는데 아들 방에서 소리가 들렸다. 입이라도 틀어 막혔는지 괴로운 소리였지만 분명 아들 목소리였다. 여자는 불길한 생각을 누르며 방문에 귀를 기울였다. 노인네가 헉헉대는 소리가 들렸다. 조금만 참아, 이제

다 됐어. 니가 참아야 니 엄마 안 쫓겨난다. 아들이 비명을 질렀다. 노인네가 거친 신음을 길게 내질렀다. 아들이 우는 소리가 들렸다. 여자는 방문을 열어재끼려다 아들의 목소리를 들었다. 울음이 밴 목소리로 아들이 말했다. 우리 엄마 내쫓지 않을 거죠. 약속했어요. 여자는 문을 열지 못했다. 장바구니를 들고 대문을 나와 계단에 주저앉았다.

언제부터였을까. 아들은 이제 열한 살이었다. 여자는 노인네 집을 떠나야겠다고 생각했다. 그러나 노인네가 다시 바다로 나가자 잊었다. 아니 잊어버리고 싶었다. 그 집을 떠나 살아갈 자신이 없었다. 아들은 말이 없기는 했지만 평소와 다르지 않았다. 노인네가 바다에서 돌아올 시간이 가까워질수록 여자는 초조했다. 여자는 아들에게 짐을 챙기라고 했다. 아들은 언제 세상을 그렇게 알아버린 걸까. 아들은 세상을 다 안다는 눈을 하고 여자에게 말했다. 엄마, 내가 잘할게. 우리 갈 데 없잖아. 이 집에서 나가면 엄마 힘들어지잖아. 여자는 노인네의 집을 떠나지 못했다. 아들 말처럼 갈 데가 없었다. 여자는 노인네가 밤이면 슬그머니 아들의 방으로 건너가는 것을 모른 체했다. 집 안에 있을 수가 없었다. 바닷가를 헤매고 다녔다. 물에 빠져 죽으려고 했지만 여자는 죽지 못했다. 새벽까지 헤매고 다니다가 결국 노인네가 있는 집으로 돌아왔다. 오늘은 꼭 죽여 버릴 거라고 다짐하면서. 여자는 노인네를 죽이지 못했고 수척해진 아들 얼굴도 외면했다. 여자는 자신이 벌레보다 못하다는 생각이 들었다고 했다.

그는 이런 미친 여자가 있나 싶었다. 아들의 몸을 팔아서 살아가는 엄마라는 말이었다. 혀 깨물고 죽어도 시원찮은데 잘도 지껄였다. 그 노인네라는 작자보다 여자를 두들겨 패주고 싶었다. 그렇게 살아서 뭘 하려고. 아무리 살집이 좋고 풍만한 여자를 좋아하는 그로서도 여자가 미련하게 보였다. 저런 쓸모없는 비계 덩어리를 가지고 살아 있다는 것이 가소로웠다. 당장이라도 달려가 노인네를 박살내고 싶었다. 여자는 제정신이 아닌 사람처럼 바다를 보면서 얼어 갔다. 무슨 해괴망측한 이야기란 말인가. 그는 더 이상 얽혀 들기 싫었다. 여자가 비틀대며 일어섰다. 그는 여자를 그전처럼 따라가지 않았다.

2기사를 불러내서 클럽에서 신나게 몸을 풀고 취향에 맞지는 않지만 쭉 빠진 여자들을 안았다. 며칠이 지나면서 술을 진탕 마실수록 살집 펑퍼짐한 여자가 자꾸 생각이 났다. 노인네가 헐떡이며 아들에게 추근대는 모습이 떠올려져 기분이 엉망이었다. 그는 배로 들어가려고 부산역 사물함에 넣어둔 륙색을 꺼냈다. 황량한 부산역 앞에서 배회하다가 결국 그 여자 집으로 갔다. 새 옷의 감촉이 남아 있는 옷에 피가 튀었다. 통선을 타고 배로 돌아와 식은 침상에 누웠다.

*

배가 움직이기 시작했다. 문제를 찾아내어 해결한 모양이다. 선미와 선수 쪽에서 바쁜 발자국 소리가 들려왔다. 헤드라인과 스프링 라인을 준비 중일 것이다. 입항이 다가오고 있다. 태풍 속을 무사히 뚫고 나왔다. 샤워를 하고 몸에 남은 물기를 그대로 묻힌 채 침상에 누었다. 청도 항에서 튀자. 황하 유역에서 가장 큰 항구 도시이면서 중국 속의 유럽이라는 칭따오. 그를 위로해 줄 칭따오 맥주와 라오산 맥주가 기다린다. 한국보다 저렴한 맥주 가격이 그에게 위안이 된다. 배에 부딪히는 파도 소리가 공허하다. 배의 흔들림이 잦아들었다. 방파제 안으로 들어온 모양이다. 몸에 한기가 스민다. 소름이 돋고 춥다. 그는 떨리는 몸을 이불 속에 집어넣으며 눈을 질끈 감았다. 노인네의 핏빛 눈빛이 천장에서 쏘아보고 있다. 발전기 소리가 발악을 하듯이 커졌다.

작가의 말

　재미없는 소설을 썼다. 심지어 그 소설들을 모아 소설집을 냈다. 내 소설을 읽은 혹자는 소설이 재미도 없고 어렵다면서 말랑한 이야기를 쓰라고 했다. 그 조언을 듣고도 여전히 재미있는 소설과는 먼 재미없는 소설을 썼다. 그래야만 했다. 내 글에 걸려 올라온 모든 것들이 그 순간을 사는 사람들의 이야기였고 그런 이들을 호명하는 것이 의무처럼 느껴졌다. 그런 의무감과 중압감을 가지고 쓰는 글이 고통스러웠지만 포기하지 못 했다. 더 고통스러웠던 것은 포기하지 못 하면서 글을 쓰지 못하는 시간을 이겨내는 일이었다.

　한동안, 아니 꽤 오랜 시간 소설을 쓰지 못 했다.

　다시 소설을 쓰기 시작했을 때 세상은 코로나 바이러스가 창궐하여 사람들이 죽어 나갔고 기상이변으로 인한 재난의 시대였다. 이상한 일이 벌어졌다. 지금, 여기에서 일어나는 일을 쓰는 것이 의무라 여겼던 지난 글쓰기와 달리 다른 이야기를 쓰고 싶다는 욕망이 일었다. 그 욕망은 이전에 나의 세계에 없던 다른 경험과 감정과 균열이 만들어 낸 결과였으며 강렬하게 이끌렸다. 그래서 시도를 했다. 또 시도했다. 나의 세계관이 바뀐 이전에는 써보지 못한 주제와 다른 방식으로 이야기를 풀어 나가고 싶었지만 생각대로 되지 않았다.

이전과 이후를 이어줄 수 있는 의식이 필요했다. 새로운 시도를 통해 이전에는 써 본 적 없는 소설을 쓰고 싶다는 욕망에 닿기 위해서는 이전의 소설들을 위무하고 보내주는 통과의례가 있어야 다른 이야기를 쓸 수 있다는 것을 깨달았다. 작가마다 자신의 소설을 세상으로 내보이는 목적이 다르겠지만 내 목적은 분명했다.

이전에 썼던 소설을 잘 떠나보내는 것.

치열하게 글을 썼던 그 순간들과 함께 나의 소설을 위무^{慰撫}하며 내 인생 첫 소설집을 세상에 내놓기로 했다. 그것이 내가 선택한 의식이다. 치열했던 그 시기를 정리하고 위무를 마친 후에 찾아올 새로운 글쓰기를 위한 의식. 의식은 또 다른 시도를 위한 떠나보내기 일 뿐, 그 의식을 치렀다고 혹자가 조언한 대로 재미있는 소설을 쓸 수 있게 될지는 모를 일이다. 재미라는 것이 어떤 기준으로 보느냐에 따라 달라질 것이므로 나와 혹자가 느끼는 재미는 다를 것이다. 따라서 내가 선택한 의식 이후에 쓰게 될 소설이 여전히 혹자에게 재미없는 소설이 될 가능성이 있다. 그럼에도 불구하고 새로운 글쓰기 방식을 취하기 위한 의식을 행한 이후에는 이전과 다른 글쓰기가 될 것이다. 그것으로 충분하다.

우주에 티끌 같은 존재로 떠돌다 누군가를 알아보고 알아채는 거대한 일.

거대한 일을 감당하고 감당해 준 모든 티끌들.

티끌인 내 존재를 그대로 인정해 준 형규와 태호, 진호, 진경.

티끌로 전전하며 유랑하다 한 번도 입 밖에 내지 못한 말… 사랑한다.

재미없는 소설을 읽고 표사表辭를 써주신 김이정 선생님과 교정을 봐주신 문성희 선생님께도 감사의 마음을 전한다. 두 분 모두 시간을 다투는 작업을 하고 있는 와중에 마음을 내어줘서 감사할 따름이다.

잘 떠나보냈다. 모든 순간이 마음 겹다.

현혜경